磨铁经典第七辑·爱欲与忧愁

我们一旦有机会强烈地爱过,
就将毕生追寻那种热烈和光明。

波兰人

[南非]
J.M. 库切
_著

李鹏程 _ 译

The Pole

浙江人民出版社

图书在版编目（CIP）数据

波兰人/（南非）J.M.库切著；李鹏程译.—杭州：浙江人民出版社，2024.7（2024.10重印）

ISBN 978-7-213-11390-1

Ⅰ.①波… Ⅱ.①J…②李… Ⅲ.①长篇小说—南非共和国—现代 Ⅳ.①I478.45

中国国家版本馆CIP数据核字（2024）第054520号

浙江省版权局
著作权合同登记章
图字：11-2024-141号

The Pole by J.M.Coetzee
The Pole © J.M.Coetzee, 2023
By arrangement with Peter Lampack Agency
through Big Apple Agency, Inc.,Labuan, Malaysia.
Simplified Chinese edition copyright © 2024 by Beijing Xiron Culture
Group Co., Ltd.
All rights reserved.

波兰人
BOLAN REN
[南非] J.M.库切 著 　李鹏程 译

出版发行	浙江人民出版社（杭州市拱墅区环城北路177号 邮编 310000）
责任编辑	卓挺亚
责任校对	汪景芬
封面设计	艾 藤
电脑制版	书情文化
印　　刷	河北鹏润印刷有限公司
开　　本	787毫米×1092毫米　1/32
印　　张	5.75
字　　数	100千字
版　　次	2024年7月第1版
印　　次	2024年10月第2次印刷
书　　号	ISBN 978-7-213-11390-1
定　　价	56.00元

如发现印装质量问题，影响阅读，请与市场部联系调换。
质量投诉电话：010-82069336

致　谢

感谢玛丽安娜·迪莫普洛斯、乔治斯·洛里、瓦莱丽·迈尔斯在我创作《波兰人》期间给予的建议和意见。

目 录

一　　_001

二　　_027

三　　_055

四　　_100

五　　_120

六　　_149

导读　_159

一

1

起先给他制造麻烦的是那个女人,很快又是那个男人。

2

一开始,他很清楚那女人是什么样的人:身材高挑,举止优雅,按传统标准看或许算不上美人,但面容姣好(乌黑的头发和眼睛,高高的颧骨,丰满的嘴唇),声音低沉,有着一种娴雅的吸引力。性感?那倒没有,谈不上,现在肯定诱惑不了谁。也许年轻时算吧,毕竟长成那样子,怎么可能没性感过?但如今早已过了不惑之年,她表现出来更多的是一种孤傲之气,比如走路时——这一点尤其引人注目——连屁股都不会扭动,身形挺直地从地板上飘然而过,甚至可以用雍容大气来形容。

这是他对她外在的总结。至于她的内在、她的灵魂,假以时日自己就显露出来了。不过,有一点他倒是深信不疑:她是个好人,和善又亲切。

3

那男人就麻烦多了。当然,从概念上来讲,他是什么人也显而易见:波兰人,70岁,而且是那种精神矍铄的70岁,钢琴家,以演绎肖邦①作品而闻名,但也颇受争议——因为他演绎的肖邦完全不浪漫,反而更接近朴素,把肖邦变成了巴赫的承继者。从这方面来讲,他在音乐会圈子里算是个异类,异类到受邀去巴塞罗那时,竟也引来一小群慧眼独具的观众前来捧场,并结识了那位举止优雅、话语温柔的女士。

但波兰人刚刚露完面,就开始有了变化。一头异常显眼

---

① 弗里德里克·肖邦(Frédéric Chopin,1810—1849):波兰作曲家、钢琴家。浪漫主义钢琴前奏曲创始人。

的银发，对肖邦的另类演绎，预示了这个波兰人会是个足够特别的人物。但要说到灵魂，说到感受，他又模糊得叫人不安。在钢琴面前，他无疑是用灵魂在演奏，可主宰他的灵魂是属于肖邦的，并不是他自己的。但那个灵魂如果让人感到异乎寻常地干枯、朴素，或许也可以说明他自己的性情在某种程度上也很乏味吧。

4

他们俩，就是那位个子高高的波兰钢琴家，以及那位步履飘飘的优雅女士、平日里忙着做善事的银行家太太，是从哪儿来的？他们敲了一整年的门，希望能放他们进来，或者干脆把他们拒之门外，让他们从此安息。现在，终于轮到他们的故事了？

5

几十年来，有个音乐会圈子每月都会在巴塞罗那哥特区①的蒙波音乐厅②举行演奏会,波兰人收到的邀请就来自他们。演奏会向公众开放,票价高昂,故而观众基本上都是些上了岁数、品位保守的有钱人。

音乐会系列由董事会来操持,前面提到的女人——名字叫比阿特丽兹——就是成员之一。她做这件事是出于公民义务,但也因为她相信音乐本身是好的,就像爱或者慈善或者美本身是好的一样,而且更好的是,音乐能让人变得更好。她很清楚这些想法有多幼稚,但依然对它们深信不疑。她是个聪明人,但不愿多思考。可以说,她聪明的地方之一就是她明白想太多会麻痹意志。

6

邀请那个波兰人的决定,是经过一番深思熟虑后才最终做出的。(他的名字里有好多 w 和 z,董事会成员也懒得搞清楚到底该怎么念,故而直接就叫他"波兰人"了。)不过,提议请他来的人并不是比阿特丽兹,而是她的朋友玛加丽

---

① 哥特区(Barri Gòarr):原文为西班牙语,巴塞罗那最中心的老城区。
② 蒙波音乐厅(Sala Mompou):以西班牙加泰罗尼亚著名作曲家费德里科·蒙波(Frederic Mompou, 1893—1987)的名字命名。

塔，此人才是音乐会系列的主心骨，年轻时曾经在马德里的音乐学院深造，在音乐方面比她懂行。

玛加丽塔说那个波兰人在他的祖国引领了新一代的肖邦演奏者，还让大家传阅了他在伦敦举办演奏会后收到的评论。据乐评人说，对肖邦作品那种强硬的打击乐式演绎——把肖邦变成了普罗科菲耶夫[①]——早就过时了，不过是演奏者在那位法波混血大师被贴上"纤弱""朦胧""阴柔"的标签后，做出的一种现代主义反应。新兴的、符合历史真实的肖邦演绎，是音调柔和的意大利式风格。波兰人对肖邦的修正性解读，固然有些理性过头，但仍旧值得嘉许。

她，比阿特丽兹，有点儿拿不准自己是否愿意听一整晚"符合历史真实的肖邦"，但更拿不准的是那个呆板守旧的音乐会圈子能否接受这种演奏。不过，玛加丽塔是自己的朋友，又对此态度坚定，所以便选择了支持她。

就这样，邀请函发了出去，波兰人也接受了提议的日期和费用。现在，日子到了。他从柏林飞过来，有人负责在机场接他，然后送到酒店。当晚的计划是演奏会结束后，她跟

[①] 谢尔盖·谢尔盖耶维奇·普罗科菲耶夫（Сергей Сергеевич Прокофьев，1891—1953）：苏联著名作曲家、钢琴家。他将钢琴视为打击乐，运用敲打性的触键方法，使得钢琴音色呈现出铿锵、尖锐的特点。

玛加丽塔及其丈夫一起请他吃顿饭。

7

比阿特丽兹的丈夫为何没有出席？答案是：他从来不参加音乐会圈子的活动。

8

计划挺简单，但中间还是出了点儿纰漏。当天早上，玛加丽塔打电话来，说自己病倒了。对，用词相当正式：*病倒了* ①。但到底是什么病，她没有说，而是有些含糊其词，且似乎是有意如此。所以，她无法出席演奏会了，她丈夫也一样。所以，想让她——比阿特丽兹——帮帮忙，负责一下招待事宜。具体说来，就是按时按点把贵客从酒店送到音乐厅，事后再带他玩玩——如果他有玩兴的话——好让他回到祖国之后，可以跟朋友们说：是啊，总的来说，我在巴塞罗那度过了一段愉快的时光。嗯，*他们把我照顾得挺好*。②

---

① 原文为西班牙语。
② 文中未加注释的楷体字原文均为斜体英文。

"行,"比阿特丽兹说,"这事就交给我吧。但愿你早点儿好起来。"

9

小时候一起上修女办的学校时,她就认识玛加丽塔了。一直以来,她都十分佩服玛加丽塔的气魄和进取心,佩服她在社交场合上的那种游刃有余。可现在,她必须代替玛加丽塔出面应酬。但问题是,要怎么招待一个到陌生城市短暂访问的男人呢?他都那把岁数了,想必不会期待性爱,但肯定希望被讨好奉承,甚至被撩拨挑逗。调情这门技术她从来都不屑钻研,但玛加丽塔不一样。玛加丽塔应付男人很有一套。她,比阿特丽兹,虽然不止一次亲眼见过朋友如何俘获男人,而且看得津津有味,但她一点儿都不想学。若她们这位客人在谄媚奉承领域有什么过分期待的话,那他可要大失所望了。

10

那个波兰人,据玛加丽塔说,是位"相当令人难忘"的钢琴家,她曾经在巴黎听过他的现场演出。这两人,玛加丽塔和波兰人,是不是私底下有过什么事?在策划好他的巴塞罗那之行后,玛加丽塔又在最后一刻打了退堂鼓?还是说她丈夫终于受够了,给她下了最后通牒?所谓的"病倒了"其实应该如此理解?怎么什么事都要搞这么复杂啊?

搞得现在只能由她来招待那个陌生人!估计他不会说西班牙语吧,要是连英语也不会可怎么办?万一他是那种说法语的波兰人呢?音乐会圈子里会讲法语的老观众只有列辛斯基夫妇——埃斯特尔和托马斯,可托马斯都八十多岁了,年老体弱的。到时候没见着活泼爽朗的玛加丽塔,只有风烛残年的列辛斯基夫妇给他接风,波兰人会做何感想?

她对当晚完全没期待。一个四处巡演的艺人,她心想,这过的算什么生活啊!要去无数不一样又都一样的机场和酒店;要忍受无数不一样又都一样的东道主——大多是热情过度的中年妇女,以及陪同出席的百无聊赖的丈夫们。灵魂里再有什么火花,也早被这一切压灭了。

她至少不会热情过度,也不会喋喋不休。表演结束后,波兰人要是只想闷声待着，那她也用闷声来回敬。

11

办好一场音乐会，确保所有环节都不出差池，可不是件容易的事。现在，这副重担稳稳地落在了她肩上。她整个下午都待在音乐厅，督促工作人员做事（据她的经验，那个监工的头头做事爱拖拉），核对各种细节。有必要把细节都一一列出来吗？没必要。但通过对细节的把握，比阿特丽兹可以证明勤勉和能干是她的长处。相比之下，波兰人则会展示出他不切实际和不思进取的一面。如果能把长处量化一下，那波兰人的长处应该大部分都耗费在了音乐上，没给为人处世这方面剩多少；而比阿特丽兹的长处在各个方向上都分配均匀。

12

宣传照里的男人有一头浓密的白发，侧着布满皱纹的脸望向不远处。一旁的生平介绍写着维托尔德·瓦尔奇凯维奇生于1943年，首次登台演出时年仅14岁，还罗列了他获过的奖和录过的部分唱片。

她有些好奇出生在1943年的波兰会是什么样子。那时候战火连天,除了卷心菜和土豆皮做成的汤,也没别的吃食,他的身体会不会发育不良?精神有没有受影响?饥肠辘辘的童年经历是不是在这位维托尔德·W的骨头和骨子里留下了印记?

深夜里,有个婴儿在啼哭,饿得啼哭不止。

她生于1967年。1967年的欧洲,已经没有谁只能吃卷心菜汤了——波兰没有,西班牙没有。她从没体会过饿肚子的感觉。从来没有。真是有福的一代。

她的儿子们也有福,都长成了精力充沛的小伙子,都在各自努力过上成功的人生。他们小时候在夜里啼哭,是因为尿布性皮炎,或者就是不高兴,但从来不是因为饿得慌。

儿子们的成功欲随了父亲,而不是母亲。父亲的人生无疑非常成功,母亲的嘛,现在还不太好说。把这样两个吃饱喝足、精力充沛的青年推向世界,算得上成功吗?

13

她很聪明,很有教养,读过很多书,是贤妻,也是良母，但她总是被轻视。玛加丽塔也一样，她们那个圈子里的其他人也一样。贵妇们：要取笑她们并不难。因为做慈善而被取笑，甚至连她们自己都取笑自己。多可笑的命运啊。她何曾料到等待自己的会是这样的命运？

玛加丽塔偏偏选在今天病倒，或许就是因为这一点：善事做够了！①

14

她丈夫跟音乐会圈子保持着距离。他相信人应该有各自的活动圈，妻子的活动圈应该属于她自己。

他们俩，她和她丈夫，越来越疏远了。两人以前是同学，他是她的初恋。刚在一起时，他们如烈火干柴，爱得如痴如醉，这份激情甚至延续到了孩子们出生后。但某一天，一下子就没了。他的激情消耗殆尽了。她也一样。不过，她从未越线，依然是位忠贞不贰的妻子。男人们跟她眉来眼去，她选择躲闪回避，倒不是因为那些人入不了她的眼，而是她自己尚未迈出那一步。从"不行"到"行"的那一步，

---

① 原文为西班牙语。

迈不迈只能由她来定。

15

她第一次见到了波兰人本人,那时他正大步走上舞台,鞠了一躬,然后在施坦威钢琴前坐定。

1943年生的,算来有72岁了,但他行动自如,看起来不像那个岁数的人。

她有些吃惊,他竟然那么高。不光高,还很壮,胸膛似乎都快把上衣撑破了。他俯在键盘上方,活似一只巨型蜘蛛。

很难想象那么大的手能在键盘上弹奏出甜美柔和的曲子。可事实还真就如此。

男人弹钢琴是不是比女人有先天优势?那样的手要长在女人身上,得多难看?

她之前没怎么考虑过手。手就像顺从且免费的仆人,为主人干这干那。她自己那双手没什么特别之处,就是一个年近五十的女人的手。有时候,她还会把手小心藏起来。手会暴露年龄,脖子也会,胳肢窝也会。

在她母亲那个年代,女人出入公共场合还可以戴手套。

手套、帽子、面纱：一个逝去的时代仅存的遗痕。

16

波兰人让她感到吃惊的第二个地方是头发，白得有些过分，大波浪烫得有些夸张。她心想：他为独奏会所做的准备，不会就是坐在酒店房间里让理发师打理发型吧？但或许是她刻薄了。他这一代的音乐大师都是李斯特神父①的传人，不论颜色是灰还是白，一头浓密的长发八成是标配。

多年之后，当波兰人这段插曲隐入尘世后，她会回想起这些最初印象。大体说来，她相信第一印象，此时内心会做出判决，告诉你是向陌生人主动示好，还是立即退避三舍。她看到波兰人大步走上舞台，把头发往后一甩，开始弹奏时，内心并没有向他示好的欲望。她内心的判决是：可真能装啊！简直又老又蠢！得过好一段时间，她最初这种本能的反应才会有所改观，她才会看清波兰人完整的自我。但话说回来，完整的自我到底是什么意思？难道波兰人完整的自我

---

① 李斯特神父：匈牙利钢琴家李斯特·弗伦茨（Liszt Ferencz，1811—1886），曾于1865年接受低品神职，成为李斯特神父。这一时期他创作出包括《圣伊丽莎白逸事》和《基督》在内的宗教音乐。

没有可能包含"真能装"和"又老又蠢"?

17

当晚的独奏会分为两部分。前半部分包括海顿①的一首奏鸣曲和卢托斯瓦夫斯基②的一组舞曲,后半部分则是肖邦的 24 首前奏曲。

他将海顿的曲子演奏得干净利落,仿佛在证明大手不一定是笨手,反而也能像女人的玉手一样翩翩起舞。

卢托斯瓦夫斯基那组曲子她是头一次听,让她联想到了巴托克③的农夫舞曲。她很喜欢。

反正喜欢程度要超过随后的肖邦的曲子。波兰人或许以演绎肖邦而闻名,但她熟悉的肖邦要比他奉上的那玩意儿更私密、更微妙。她爱的肖邦能把她带离哥特区,带离巴塞

---

① 弗朗茨·约瑟夫·海顿(Franz Joseph Haydn, 1732—1809):奥地利作曲家,维也纳古典乐派奠基人,被誉称为"交响乐之父""弦乐四重奏之父"。
② 维托尔德·卢托斯瓦夫斯基(Witold Lutosławski, 1913—1994):波兰作曲家、管弦乐指挥,是 20 世纪欧洲重要的作曲家之一。
③ 巴托克(Bartók Béla, 1881—1945):匈牙利作曲家、现代音乐领袖人物,同时是钢琴家和音乐民俗学家。

罗那,将她带往遥远的波兰平原,带进一座古旧乡间大宅的客厅里:盛夏未央,长日将尽,清风拂帘,玫瑰怒放,遍屋盈香。

被带向别处,迷失在其中:如果这是音乐之于听者的意义,那十有八九算是个过时的观点——不仅过时,可能还有些故作伤感。但在这个夜晚,这种感觉才是她想要的,也是那个波兰人没能给到的。

前奏曲的最后一首演罢,响起了礼貌但不热情的掌声。想听真正的波兰人演绎肖邦的人,不止她一个,而失望的人也不止她一个。

为了向东道主致意,他选了蒙波[①]的一首小品作为加演曲目,但弹得似乎有些心不在焉,曲毕之后连微笑都没挤一个便下了台。

他是碰巧这天心情不好,还是向来如此?他是不是要给家里打电话,抱怨这些俗不可耐的加泰罗尼亚人对他招待不周?家里有没有个波兰太太听他发这些牢骚呢?他看起来不像是有妇之夫。他看起来像已经离过好几次婚,而且还离得乱七八糟,前妻们个个都在咬牙切齿地咒他。

[①] 费德里科·蒙波的创作受印象主义音乐及埃里克·萨蒂的风格影响,恬淡安逸。

18

事实证明,波兰人不会说法语,但马马虎虎会点儿英语。至于她自己,比阿特丽兹,毕竟在曼荷莲学院①留过两年学,英语说得很流利。虽然如此一来,会说好几国话的列辛斯基夫妇显得有些多余,但聊胜于无,总归能替她分担一些做东的担子,尤其是埃斯特尔,人虽老,背虽驼,但脑子还跟针一样尖。

19

他们以往招待表演者,都是去一家名为波弗尼的意大利餐厅,这次也照例带他去了那里。这家餐厅固然用了太多的深绿色天鹅绒来装饰,但好在有位手艺可靠的米兰大厨。

宾主落座后,埃斯特尔先挑起了话头:"带着您天籁般的音乐遨游云端后再回到人间,肯定很不适应吧,大师?"

波兰人微微颔首,对他遨游过的云端,既未赞同,也

---

① 又译为蒙特霍利约克学院(Mount Holyoke College),美国顶尖文理学院之一,由化学家及教育学家玛丽·劳茵(Mary Lyon)女士于1837年建立,最初名为蒙特霍利女子学院,位于美国马萨诸塞州的南哈德利。

没反对。坐在近处看，岁月在他身上留下的痕迹就没那么容易掩饰了：臃肿的下眼袋，松弛的颈部皮肤，布满老年斑的手背。

大师。名字的问题还是赶紧问完得了。"恕我冒昧，"她说，"我们该怎么称呼您好？我们西班牙人不太会念波兰名字，您肯定也发现了，但我们也不能一晚上就这么大师大师地叫。"

"我的名字是维托尔德，"他说，"直呼名字就行，真的。"

"我叫比阿特丽兹。这两位朋友是埃斯特尔和托马斯。"

波兰人举起个空杯子，向三位新朋友致意：埃斯特尔、托马斯、比阿特丽兹。

"我敢说，维托尔德，"埃斯特尔说，"我应该不是第一个傻傻分不清您和那个著名瑞士演员的人吧。您肯定知道我说的是谁。"

一丝微笑掠过波兰人的脸。"马克斯·冯·叙多夫[①]，"他说，"我的坏大哥。我去哪儿他跟到哪儿。"

埃斯特尔说得对：一样阴郁的长脸，一样苍老的蓝眼，

---

① 马克斯·冯·叙多夫（Max von Sydow, 1929—2020）：瑞典著名电影演员，参演1957年伯格曼导演的《第七封印》，另有《万世流芳》《野草莓》《征服者佩尔》《善意的背叛》等作品。曾两度入围奥斯卡奖。

一样硬挺的身姿。但声音让人有些失望,少了坏大哥的那种深沉和洪亮。

20

"跟我们讲讲波兰吧,维托尔德,"埃斯特尔说,"跟我们说说,为什么您的同胞弗里德里克·肖邦会选择离乡去国,到法兰西生活?"

"肖邦要是活得再久一些,肯定会回波兰。"波兰人小心斟酌,用正确的时态回答道,"他离家时很年轻,离世时也还年轻。年轻人留在故乡不幸福。他们渴望冒险。"

"那您呢?"埃斯特尔问,"您年轻那会儿在祖国是不是也跟他一样不幸福?"

那个波兰人,维托尔德,本可以借此机会跟他们讲讲自己在让人不幸福的祖国所经历的青春与躁动,讲讲他那时多么渴望跑到堕落但刺激的西方,但他没有。"幸福不是最重要的……最重要的感受,"他说,"谁都可以幸福。"

谁都可以幸福,但只有了不起的人才可以不幸福,比如像我就很了不起——他是想让大家推导出这个结论吗?她忍不住问道:"那最重要的感受是什么,维托尔德?幸福不重要的话,什么重要?"

桌旁一阵沉默。她瞥了埃斯特尔和托马斯一眼,发现他们也在看她。她这是在刁难人家吗?接下来还有好几个小时呢,本来就难熬——她还要让时间变得更难熬吗?

"我是搞音乐的,"波兰人说,"对我来说,音乐最重要。"

他这不是回答问题,是转移话题,但无所谓了。她想问但没问的问题是:那维托尔德太太呢?要是听到丈夫说幸福不重要,她会做何感想?或者难道没太太——太太老早以前就弃他而去,跑到别人的臂弯中寻找幸福了?

21

他没有提到维托尔德太太,但提到有个女儿,学过声乐,后来跑到德国,在某乐队唱歌,没再回波兰。"我去听过一次,在杜塞尔多夫。她唱得挺好,有副好嗓子。嗓音好,唱功好,但音乐不怎么样。"

"是啊,年轻人……"埃斯特尔说,"真让我们操碎了心。不过,您应该挺欣慰吧,知道您的音乐天赋后继有人了。对了,您的祖国现如今什么情况?我记得那位好教皇,他就是波兰人，对吧？约翰·保罗①。"

关于好教皇约翰·保罗的问题，波兰人似乎也不太想聊。她自己，比阿特丽兹，不觉得约翰·保罗是个好教皇，或许连好人都算不上。从一开始，他就给人一种工于心计的感觉，像个政客。

22

他们聊到了上月来访的表演者，一位来自日本的青年小提琴家。"琴技高超，"托马斯说，"在日本，音乐教育是从小抓起。两岁的时候，三岁的时候，孩子去哪儿都带着小提琴，连上厕所也带着！琴成了身体的一部分，像多了根胳膊，第三根胳膊。大师，您是从什么时候开始的？"

"我母亲是歌手，"波兰人说，"所以我在家总能听到音乐。母亲是我的第一任老师。后来又找了一位，之后又去了

---

① 约翰·保罗：即约翰·保罗二世（John Paul II，1920—2005），天主教译为若望·保禄二世（Ioannes Paulus II）。生于波兰共和国，是第一位成为教皇的斯拉夫人，也是自1522年哈德良六世（Adrian VI，1522—1523年在位）后又一位非意大利人教皇，在位时间相当长。

克拉科夫①的音乐学院。"

"看来您从小就是钢琴家了。"

波兰人严肃地想了想钢琴家这个称呼。"我是个弹钢琴的人,"过了一会儿,他回道,"就像公交车上检查车票的人,他是个人,工作是检查车票,但他不是车票家。"

如此说来,现在在波兰,公交车上还有人检查车票——他们还没有在合理化改革中被精简掉。或许这才是维托尔德年轻时没有像他的音乐偶像那样跑到巴黎去的原因吧。因为在波兰,有人是检查车票的,有人是弹钢琴的。她第一次对他有了些好感。他虽然看着严肃冷峻,她暗想,但内里也许是个爱开玩笑的人。当然,只是也许而已。

23

"您可以点这个小牛肉尝一尝,"托马斯说,"这儿的小牛肉一直做得不错。"

波兰人面露难色,说:"我晚上没有大肚子。"然后点了一份沙拉,又点了一道意大利团子拌松子青酱。

---

① 克拉科夫(Kraków):波兰第二大城市,南部工业中心,位于维斯瓦河畔。建于公元700年前后,1320—1596年曾是波兰首都,是中欧最古老的城市之一。

大肚子，这是什么波兰俗语吗？他显然没有大肚子，甚至有点儿——她想到了一个平时不怎么会用到的词——形容枯槁①。他这样的人应该把遗体捐给医学院才对，学生们要能在这么高大的骨架上练习，肯定感激不尽。

肖邦起初葬在巴黎，如果她没记错的话，后来遗体被某爱国组织还是其他组织挖出来，运回了他的出生地。小小的躯体，都没什么重量了。小小的骨架。那么小的一个人——说到底就是个梦想家，就是个用声音编织优美音乐的人——有那么高大、伟大，值得维托尔德为之奉献一生吗？在她看来，这是个严肃的问题。

当然，比起肖邦，甚至比起他的信徒维托尔德，她都不算是个严肃的人。她很清楚这一点，也接受了这一点。但即便如此，她也有权知道自己把那些原本可以用来上街救济穷人的时间，用在了耐心聆听钢琴键盘的叮叮当当或者马毛刮擦肠线的吱吱呀呀上，并不是在浪费光阴，而是成了某种更为崇高、更为富丽的宏图伟业的一部分。说话啊！她想对波兰人说，捍卫你的艺术！

---

① 原文为西班牙语。

24

当然,那男人不知道她心里在想这些。于他而言,她不过是自己为了演艺事业而不得不承受的部分负担:那种不从他身上强讨到一克肉就不让他清净的聒噪富太太。此时此刻,他在用正确但缓慢的英语,讲述一个他觉得她这种女士会想听的故事,说他的第一任钢琴老师如何拿着教鞭[①]坐在一旁,他一弹错什么,就打一下他的手腕。

25

"您一定得跟我们透露一下,维托尔德,"埃斯特尔说,"您去过世界上那么多城市,最喜欢哪一座?在哪儿受到的欢迎最热烈?当然,巴塞罗那自不必说。"

可还没等波兰人张口,告诉他们自己最喜欢世界上哪座城市,她,比阿特丽兹,就插了进来:"回答这个问题之前,维托尔德,我们能不能返回去,再稍微聊一下肖邦?您觉得肖邦为什么能经久不衰?他为什么那么重要?"

---

① 原文为西班牙语。

波兰人冷眼打量着她:"他为什么重要?因为他能让我们看清自己,了解我们的欲望。我们有时候看不清自己,也不了解。这是我的看法。有时候我们渴望的是我们不能得到、超越我们的东西。"

"我没听懂。"

"你没听懂是因为我用英语解释得不好,用什么语言都解释不好,用波兰语都不行。要想理解,你就得安静地听,让音乐来告诉你,这样你才会明白。"

她的疑问还是没有消除。事实是她今天听了,听得还很专注,可就是不喜欢听到的东西啊。要是列辛斯基夫妇不在场,只有她作陪的话,她一定会好好跟他说道说道。没能触动我的不是肖邦本人,维托尔德,是你演绎的肖邦,是以你为媒介的肖邦——她会这么说。克劳迪奥·阿劳[①]知道吧?——她会接着说——在我看来,阿劳演绎得更好,是更优秀的媒介。通过阿劳,肖邦拨动了我的心弦。当然,阿劳不是波兰人,所以里面有些东西他也听不出来,或许肖邦的某些奥秘外国人永远都不可能理解。

[①] 克劳迪奥·阿劳(Claudio Arrau, 1903—1991):享誉世界的智利钢琴家。自幼便显露音乐神童的天赋,有"智利的莫扎特"之称。

26

到了该散场的时候,大家便散了。在波弗尼餐厅外面的人行道上,列辛斯基夫妇告了别("荣幸之至,大师!"),留下她一个人把波兰人送回宾馆。

能聊的都聊过了,上出租车后,两人只静静地坐着。这一天可过去了!她心想,赶紧回家躺着吧。

但她实在无法忽略他身上的味道,男人的臭汗和科隆香水混在一起的味道。诚然,舞台上有大灯照着,不热才怪,何况弹琴还要花力气,一个接一个的琴键都得按正确的顺序弹出来,得多耗费体力啊!有汗味也无可厚非。但这也太……

终于到酒店了。"晚安,优雅的女士。"波兰人牵起她的手,用力握了一握,"谢谢您。谢谢您那些深刻的问题。我会一直记着。"说完便走了。

她端详着自己的手。在那只"大爪子"下面短暂停留后,她的手看着似乎比平常小了些,但毫发无伤。

27

他离开一周后,有个贴着德国邮票的包裹送到了音乐厅,收件人是她。里面有张 CD——他录的肖邦夜曲——还有张用英文写的字条:"致那位在巴塞罗那守护我的天使,愿音乐拨动她的心弦。维托尔德。"

28

她喜欢这个男人,喜欢这个维托尔德吗?总的来说,可能喜欢吧。她略感遗憾,遗憾不能再见到他。她喜欢他那种站也挺拔、坐也挺拔的样子,喜欢他听她说话时的那种专注和认真。那个问题很深刻的女人:他能认可这一点,让她很开心。他的英语也让她觉得很有意思,语法无误,但习语有误。她不喜欢他什么呢?很多吧。但最不喜欢那副假牙:太闪亮,太洁白,太假了。

二

1

那晚她睡得很香。第二天早上,她又回到了日常生活中。她信誓旦旦地想着要找时间听听波兰人的CD,但之后便忘了。

几个月后,一封邮件不期而至。他从哪儿弄到了她的邮箱?"尊敬的女士,我正在赫罗纳①的费利佩·佩德雷尔音乐学院教授一个高级讲习班。您的盛情款待令我难忘。我能否做东回请?如果您能来赫罗纳,我将乐意至极。您坐几点的火车到都行,我去接您。"邮件的落款是"您的朋友、名

---

① 赫罗纳(Gerona):位于西班牙东北部加泰罗尼亚自治区特尔河畔,是赫罗纳省的首府。

字很不好念的维托尔德"。

她回道:"亲爱的维托尔德,您在巴塞罗那的朋友们回想起您的来访,依然开心不已。感谢您的好意邀约,但眼下时不凑巧,我实在抽不出空去赫罗纳。衷心祝愿您的授课大获成功。比阿特丽兹。"

她打听了一下,那个名字不好念的人所言不假:他确实正在赫罗纳教钢琴。可为什么偏偏在赫罗纳?想必不是因为缺钱花吧。

他回到加泰罗尼亚这事,她越想越觉得蹊跷。

于是,她又写了封邮件。"您到底为什么来这儿,维托尔德?请跟我实话实说。我没空听什么花言巧语。比阿特丽兹。"

删掉"我没空听什么花言巧语"后,她把邮件发了出去。她受不了的不光是花言巧语,还有讲话兜圈子,还有文字游戏,还有弦外之音。

邮件刚发出去,他的回复就来了:"我来这儿是为了你。我忘不了你。"

2

她花了一天时间琢磨这个"为了你"。且不论这几个字在英文里是什么意思，或者相应的波兰语说法背后可能还隐藏了什么意思，问题是它们实际上要表达什么？他来这儿是为了她，类似于人去面包店是为了面包吗？以及"这儿"到底是什么意思？如果他的"这儿"是赫罗纳，她的"这儿"是巴塞罗那，那他来"这儿"又有什么用？还是说他来这儿是为了她，类似于人去教堂是为了上帝？

3

毫无疑问，她年轻时也是那种跟着感觉走的人。她相信自己的心。心会说，行，或者不行。但（谢天谢地）她已经不再年轻了，而是变得更明智、更审慎，学会了实事求是地看问题。

那在波兰人这件事上，她看到了什么？看到了一个走到职业生涯尽头的男人，因生活所需或环境所迫，不得不接受一份曾经对他而言有失身份的工作（费利佩·佩德雷尔音乐学院并不是什么享有盛誉的学府）；看到了一个独在异国的男人，因寂寞难耐，便想勾引那个曾与他有过一面之缘的女人。要是有所回应，那她成什么人了？或者更确切地说，他认为她会有所回应，那他把她当什么人了？

4

除丈夫外,她跟其他男人并无深交。不过这么多年来,她倒是从女性朋友那里听过无数的忏悔和私话,又冷眼旁观过她这个阶层的男人如何为人处世,所以综合到一起,她对男人及其欲望实在没有多少尊重,不希望男性激情的浪头拍到她身上。

她向来不怎么爱旅行。丈夫认为她缺乏好奇心,但他错了。她很好奇,非常好奇,只不过不是对外面的世界,不是对性爱。那她好奇什么呢?好奇她自己,好奇尽管如此,为什么一想到哪天开车去赫罗纳,她就有些兴奋,就会露出笑意。

5

音乐学院位于老城区一座其貌不扬的建筑里,她没费多大劲儿就找到了。走廊里空无一人(中午刚过)。她循着熟悉的旋律,推开标有"一号厅"的门,来到了一座小礼堂的后部。舞台上,波兰人正和一名男青年坐在钢琴前。她悄悄找了个位置坐下。观众席里坐着三十来个学生,并没有谁注意到她。

台上那两人正在练习拉赫玛尼诺夫[①]的《第二钢琴协奏曲》的慢乐章。年轻人弹奏着开篇悠长、哀伤的旋律。波兰人一只手放在他的胳膊上，叫他停下来。"啦——啦——啦——啦——啦——啦——啦——啦——"他哼唱着，拉长了最后一个"啦"，"不要有太多连奏。"[②]

年轻人又从头开始弹，这次少了些连奏。

波兰人穿着休闲裤，衬衫的领口敞着，比印象中看起来放松许多。不错！她想，他还学了点儿西班牙语。不过，教音乐本来也不需要多少单词。Sí（对）。No（不对）。

她先前没听过他唱歌，没想到声音这么低沉，像一条暗流在涌动。

6

眼前这场景让她感兴趣的地方，不是音乐本身，而是戏

[①] 谢尔盖·瓦西里耶维奇·拉赫玛尼诺夫（Сергей Васильевич Рахманинов，1873—1943）：出生于俄罗斯，毕业于莫斯科音乐学院。20世纪世界著名的古典音乐作曲家、钢琴家、指挥家。他的创作深受柴可夫斯基影响，有深厚的民族音乐基础，旋律丰富，擅长史诗式壮阔的音乐风格。
[②] 原文为西班牙语。

剧冲突。因为他们在舞台上，因为台下有观众，所以师生二人不得已成了演员。假如年轻人并不认同老师的指导（或许他的弹奏方式就是多些连奏才更贴近自己的内心感觉），那他该如何回应呢？是顺从还是抗争？还是假装顺从但秘密抗争，等波兰人一离开，他就还按原来的方式弹？那波兰人呢？他扮演的角色是霸道的独裁者还是慈父般的导师？

7

波兰人俯过身去，开始弹奏乐章开头的分解和弦，并模仿单簧管的声音哼唱道："啦——啦——啦——啦——啦——啦——啦——啦——"然后右手才切进去。她马上就听出了差别。少些连奏，少些情绪，多些张力，多些振奋。

年轻人有样学样，这次终于弹对了。挺不错，学得很快。波兰人点点头："继续。"

8

下课了，学生们陆续离开。她没走。波兰人走上前来。他会说什么？

他握住她的手，用英语感谢她能前来。他表达了再次见到她的欣喜，称赞了她的衣服很好看。但这些恭维听着像提前排练过一样，所以并不讨她喜欢。但又或许，他只是说英语时听起来不那么轻松自然，或许在波兰，他是位风度翩翩的绅士。

她确实为此次会面精心打扮过一番。换言之，她打扮得很朴素。

"我们能谈谈吗？"她说。

9

他们沿着河畔的林荫道慢慢走。一个令人惬意的秋日，叶子正在变黄。

"我再问一遍，"她说，"你来这儿，在赫罗纳干吗？根本没理由来赫罗纳吧。"

"是人就得在什么地方，我们总不能哪儿都不在。这是人的生存状态。不过，这不相干。我来这儿是为了你。"

"你说是这么说，可到底是什么意思？你想从我这儿得到什么？你邀请我来，肯定不是让我听你上钢琴课。你是想让我跟你上床？如果是，那我现在就可以告诉你：门儿都没有。"

"别生气,"他说,"真的。"

"我不是生气,我是没耐心,没空陪你玩游戏。你邀请我来这儿,到底为什么?"

她为什么火气这么大?难道是她想要什么,但他拒绝给吗?

"亲爱的女士,"波兰人说,"你知道诗人但丁·阿利吉耶里吧?他的比阿特丽斯没跟他说过一句话,可他却爱了她一辈子。"

亲爱的女士!

"所以这就是你叫我来的原因:通知我你打算爱我一辈子?"

"我的一辈子没多长了。"波兰人说。

可怜的蠢货!她想说,你来晚了,盛宴结束了。

她摇摇头。"我们是陌生人,你和我,"她说,"我们属于不同的世界,不同的领域。你跟你的但丁,还有你的比阿特丽斯,属于一个世界;我属于另一个,我习惯称之为现实世界。"

"你让我内心感到平静,"波兰人说,"对我来说,你是平静的象征。"

她，比阿特丽兹，是平静的象征！她从没听过比这更无稽的说法。

10

他们继续走着，河缓缓流着，风轻轻吹着，小路在他们前方延伸着。细节都是陪衬，但并非不重要。每走一步，她的心情就轻松一点儿。

"你给学生上课的时候，还哼唱来着，"她说，"真没想到你还会唱歌。你的嗓子很好。"

"我唱歌是跟母亲学的。我成为音乐家是随了母亲。"

恋母情结。难道他找的是这个，想要母爱？

没多少时间了。他要是不赶紧把话说清楚，她就马上开车回家，整件事到此结束。是时候唱他的"大咏叹调"了。他必须得唱：这是她的要求。用意大利语也好，用西班牙语也好，用英语也好，甚至波兰语也行，但不管是哪种语言，他都得唱。

"亲爱的女士，"波兰人说，"我不会作诗。我只能说，自从我见过你之后，脑海里就全是你，你的身影。我从一个城市到另一个城市，再到另一个城市，这是我的工作，但你一直都在我身边，保护着我，让我内心感到平静。我告诉自己，我一定要找到她，她是我的命运，所以我就来这儿了。我见到你特别高兴！"

她让他内心平静。她让他特别高兴。这算什么咏叹调？还有，他已经得知自己的命运了，那就是她。那她呢？她难道没有命运？有的话又是什么？什么时候能得知？

11

他说因为她，因为偶然受邀去了趟巴塞罗那，他现在内心时不时可以感到平静和高兴。说就像以前的人把心爱之人的照片放进盒式吊坠里，挂在脖子上一样，他也把她的身影装在脑海里，特别好看。她没有理由不相信他这些话。若是她年轻，他也年轻，她或许会觉得受宠若惊。但那男人出生于1943年，岁数都够当她爹了，所以他的提议让她既不觉得有趣，也不感到荣幸。如果非要说有什么感觉的话，那就是倒胃口。

"你听好了，维托尔德，"她说，"你对我一无所知，所以我来告诉你吧。最基本的一点是，我已经结婚了，不是无牵无挂的人，我有丈夫，有孩子，有家，有朋友，有各种责任要承担，有情感责任，有社会责任，有现实责任。我的生活里容不下——怎么讲——这种精神出轨。你说你脑海里一直装着我的身影。挺好。可是我脑海里并没有装着你的身影。谁的身影我都没装。我不是那种人。你访问了巴塞罗那，举行了钢琴独奏会，我们都很喜欢；然后我们又一起吃了一顿晚饭，事情就这么简单。你走进了我的生活，又走出了我的生活。完了[①]。我们俩，你和我，没有未来。很抱歉说得这么直白，但事实就是这样。现在，我觉得我们应该往回走了，时间不早了。"

12

"我有个提议。"波兰人说。

此时，他们正坐在一家咖啡厅里，她的车就停在街对面。

"下个月我要去美国巡演。美国结束了是巴西，要在那儿演三场。你对巴西熟吗？不熟？要不跟我一起去巴西吧。"

"你想让我去巴西？"

---

① 原文为西班牙语。

"嗯。我们可以去度假。你喜欢大海吗?我们可以去海边度假。"

她喜欢大海,非常喜欢。她是游泳健将,水性很好,跟海豹似的。水性好,身手也敏捷,但这不是问题所在。

"那我怎么跟我丈夫交代?"她说,"就说我要跟一个不怎么熟识的人一起去巴西?还有你,打算怎么跟你太太说?对了,你从来没跟我说过——你结婚了吗?"

他把杯子放下,手明显在颤抖。她让他很紧张吗?难道他要说谎了?

"没有。我没结婚。以前结过,但现在没有。跟你丈夫说实话。实话实说总是好的。他也是有外遇的人吧。他自由,你也自由。"

"你可真奇怪。你根本不了解我丈夫。我丈夫才不是什么'有外遇的人'。我也不是有外遇的人。还有,我告诉你,以后可别这样了,想勾引女人跟你去巴西,不是这么个勾引法。或许这招儿在波兰管用,但在这儿不行。我现在得走了,开车回去还要好久。"

她站起身来。这是波兰人最后的机会。他也站起身,高大的身躯挺得笔直,双手抓住她的肩膀。邻桌的人纷纷侧目:不会是要目睹一场家庭争吵吧?她挣脱了他的双手:

"我真得走了。"

13

在马尔格拉特的高速路出口附近,她经过了一个车祸现场:扭曲变形的车体,警车,救护车。她浑身一哆嗦。出车祸的要是我呢?别人会怎么说?"她去赫罗纳干什么了?"

是啊,她去赫罗纳干什么了?感觉就是一时糊涂:受邀去见一个她连名字都不知道怎么拼的男人。是受邀去了,但恢复了理智,感谢上帝!跟我去巴西吧。真能胡扯!

14

她跟丈夫聊起此事。"不知道你还记不记得,几个月前,音乐会圈子邀请过一个波兰钢琴家。结果他现在来了赫罗纳,就在音乐学院教课。他邀请我去了。"

"嗯?那你要去?"

"我今天下午已经去了。他想让我跟他去巴西,说是爱上我了。反正他是这么说的。"

"那你去吗?"

"当然不去了。我就是跟你说一下。"

为什么要跟他说一下?因为她想给这件事画上句号。这样她才能问心无愧。

"你忌妒了?"她说。

"当然了。任何一个男人爱上你,我都会吃醋。"

但他并不忌妒。她能看得出来。他只是觉得有意思,觉得竟然有人渴望得到一样独属于他的东西,一样他轻易便可以拥有的东西。

"你还会再见他吗?"她丈夫问。

"不会。"她说,然后又加了一句,"跟性爱无关。"

"当然跟性爱有关。不然你以为他邀请你去巴西干什么?坐在他旁边,帮他翻琴谱啊?"

15

波兰人发来一封长邮件,但她只是草草扫了一眼。主要内容似乎是内心平静。她让他内心感到平静。那内心不平静的时候是怎样?在打仗吗?整天坐在钢琴前,徜徉在云端,他懂什么是打仗?

接着,她瞥见了那个以 B 开头的词——巴西——便没有再往下看，直接把邮件删了。

16

她对丈夫的外遇毫无兴趣，有意睁一只眼闭一只眼。作为回报，他会小心不跟他们那个社交圈里的女人交往。这是他们达成的妥协，适合他们的处境。

17

波兰人又发了一封邮件。说今天是他在赫罗纳的最后一天，明天要飞往柏林，去机场路上会经过巴塞罗那，能不能跟她吃个午饭？"抱歉，没空，"她回道，"一路平安。比阿特丽兹。"

18

她重新拿出他送的那些CD，又从音乐会圈子的小图书馆里借回几张瓦尔奇凯维奇的CD，独自听了起来。为什么？因为她准备好了接受这样一个想法：那个男人只会简单的英语,有些东西讲不出来,但或许能通过他的琴技表达。

她先听的是夜曲。肖邦在谱写这些夜曲时,想对世界表达什么?更重要的一点是,波兰人在录制当天,想对世界表达什么?而最重要的一点则是,波兰人在录制当天,有可能向一个他尚不知道在现实世界中存在的女人,透露出哪些有关他的东西?

同之前一样,她很失望,被演绎者的——该怎么形容?——风格或处理方式或心态搞得很扫兴。太干瘪,太平淡了。每一首都被举起来供人审视,检查过后,随着和弦的终了,被叠好,埋了回去。

或许事实就是如此,即便在录唱片的时候(她查了CD上的相关信息,说是录制于2009年),那波兰人的心态也已经老到不适合再演奏这样的曲子了。这样的曲子应当属于更炽热的灵魂。

应该是跟他的触感有关。她想起了刚认识那晚在出租车上,他的手碰到她时的感觉;想起了在赫罗纳迎接她时,他的嘴唇亲在她脸颊上的感觉。像被枯骨触碰一样。行走的骷髅架子。她打了个寒战。她自己也有个骷髅架子,但跟他的不一样,她的骷髅架子像鬼一样,看不见,摸不着。

所以,这就是她给他下的最终判决:太干瘪,太没激情？可她最看重的男人身上的东西，就是这一点？就是激情？要是激情明天就来，突然向她告白——真正冲动鲁莽的激情——那她的生活里能容得下吗？她很怀疑。

19

在他灌录的所有肖邦的曲子中，她最喜欢玛祖卡舞曲。他似乎只有在跟先师一起跳这些民间舞蹈时，才最有活力。真奇怪：她想不出来他会跳舞。

20

说到底，错或许不完全在波兰人身上，两个波兰人都算——英年早逝的那个，还有依然健在的这个。或许她也有责任。毕竟，她现在似乎就爱听载歌载舞的音乐，不喜欢跌宕起伏、充满戏剧性的作品（强音！弱音！强音！弱音！），更不喜欢带有哲学思辨的作品。那种想把丢掉的东西重新找回来的音乐（马勒①），会让她哈欠连天。波兰人最终让她毫无兴趣，原因或许就是这个。他游荡在世间，寻找着丢失的东西，碰巧遇上了她——比阿特丽兹，进而对她产生了迷恋。你让我内心感到平静：真能胡扯！我可解不开你的人生谜团，维托尔德阁下——你的也好，别人的也罢，我都解不了！她当时应该这么跟他说。我就是我！

21

她已经多年没跟丈夫同房共眠了。这样的安排适合他俩。她喜欢泡个热水澡，然后早早上床，而他是个夜猫子。她自己睡能睡得好些，他可能也一样。她每晚睡八小时，有时睡九小时，睡得很沉，能养足精神。

她和丈夫也已经没有夫妻生活了。她慢慢习惯了这种日子，似乎已经不再需要性爱。更年期虽然还没到来，但已经在来的路上了。到时候，她将不再开花结果，身体对男欢女

---

① 古斯塔夫·马勒（Gustav Mahler，1860—1911）：杰出的奥地利作曲家、指挥家，出生于波希米亚，毕业于维也纳音乐学院。代表作有交响乐《巨人》《复活》《大地之歌》等，以形式宏大、气势磅礴、乐思繁复、富于哲理为特色。

爱的微弱渴求也将渐渐平息。

22

朋友们都有外遇，但她没有。比如她的朋友玛加丽塔就和一位知名的人类学教授有染。那人是媒体红人、有妇之夫，所以两人幽会要么是在酒店，要么是借某位热心同事的公寓。

23

她去过阿根廷，但没去过巴西。她倒是不介意去巴西看看，那似乎是个有趣的国家。或许她那个在农艺公司做化学研究员的大儿子会愿意陪她同去，顺势再考察一下巴西的农业，对本职工作也有益。

24

她丝毫没有跟那个波兰钢琴家一起去巴西的打算。但话说回来，要是去了，他会怎么跟巴西的东道主——也就是她那个音乐会圈子的巴西版——介绍她?"这位是比阿特丽兹,我在巴塞罗那的老朋友,陪我来巡演的。比阿特丽兹一直都盼着能见识一下你们这个多姿多彩的国家。"或者说:"这位是比阿特丽兹,我带她来是为了抚平我的愁容,让内心感到平静。"或者说:"这位是比阿特丽兹,我跟这个女人不怎么熟识,但她似乎能解开我为什么活着的谜团。"

25

恋爱中的老头。愚蠢。自寻死路。

26

他本来有机会。在赫罗纳的咖啡厅,他抓住她的肩膀,把他的脸和那双冷峻的蓝眼睛凑到她面前时,本可以在她身上留下自己的印记,抵住她的反抗。但他动摇了,故而失去了她。

27

她不喜欢葡萄牙语那种短促、闭塞的发音。但或许巴西人讲的葡萄牙语不一样。

28

她想了想跟那么大个骨架躺在一张床上是什么样,又想到那双冰冷的手抚在她身上,禁不住厌恶地打了个寒战。

29

为什么是她?那晚在波弗尼餐厅到底发生了什么,会让他觉得"这是我的命运!我最后的爱必须给这个女人"?玛加丽塔那天要是没病倒,来作陪了,那他会爱上玛加丽塔,进而邀请玛加丽塔去巴西抚平他的愁容、躺在他的床上吗?

平静,他说想要这个。正如暴风雨中的航海家祈求踏上陆地,他祈求获得平静。确实,玛加丽塔可不是什么能带来平静的天使,估计他也很快就能认识到这一点。玛加丽塔会给他挑选更时髦的新衣服,带他去找美容师修眉,再给他安排各种采访。至于性爱,他那把岁数能满足得了玛加丽塔的高标准吗?

所以说到底,或许这才是他选择她比阿特丽兹的原因。因为他在工作中遇到过太多玛加丽塔这种活力四射、明艳动人、占有欲强的女人,而那晚在波弗尼,她,比阿特丽兹,似乎完美诠释了什么是不招摇、不刻薄却又完全拿得出手的女人,既能满足他的需要,又不会给他制造多少麻烦。如果真是这样,那简直是奇耻大辱!

30

她用英语给他写了封邮件:"亲爱的维托尔德,想必你的柏林演奏会很成功吧。最近我总是想起我们上一次聊天的内容,但无论如何都想不明白你最后怎么能得出那样的结论,觉得我是平静的化身。我既不是平静的化身,也不是别的东西。事实是,你根本不了解我是谁,不了解我是怎样的人。我们的相遇纯属机缘巧合,没有谁在背后筹划。我不是你的命中注定,不是你想的那样。我不是任何人的'命中注定'。我们谁都没有'注定',无论这词是什么意思。你的比阿特丽兹。"

31

在男人和女人之间,在两极之间,电流要么噼里啪啦,要么不噼里啪啦。自古以来就是这样。"男人和女人",而非"男人,女人",中间没有"和"就无法结合。她和波兰人之间就没有"和"。

下个月音乐会圈子请到的表演者是男高音托马斯·科奇韦,届时会演绎亨德尔①、佩戈莱西②、菲利普·格拉斯③,以及一个她听都没听过、说是叫马尔蒂诺夫的人的作品。或许托马斯·科奇韦会成为真正能与她来电的 pole(极),盖过那个假 Pole(波兰人),那个冒牌货。

32

她又回去读了一遍自己发的邮件,觉得口气听着很

---

① 乔治·弗里德里希·亨德尔(Georg Friedrich Händel,1685—1759),出生于德国哈雷,英籍德国作曲家,晚期巴洛克音乐的代表人物。
② 乔瓦尼·巴蒂斯塔·佩戈莱西(Giovanni Battista Pergolesi,1710—1736):意大利作曲家,意大利喜剧歌剧的先驱,并对欧洲喜剧歌剧的发展有重大影响。
③ 菲利普·格拉斯(Philip Glass,1937—):美国作曲家。代表作品有《爱因斯坦在海滩》《北方的星》《玻璃工厂》。

愤怒，便删掉了。为什么听着很愤怒？写的时候没觉得愤怒啊。

33

他的偶像肖邦一生多病，总得靠女人照顾。或许这才是波兰人真正想要的东西：找个保姆来照顾他的晚年生活。

34

"你之前说的那个钢琴家，就是名字很长的那个，"她丈夫说，"你想好了没？"

"想好什么？"

"跟不跟他去巴西啊。"

"当然不去了。你为什么觉得我会去？"

"他知道你不准备陪他去？"

"当然知道了。我跟他说得很清楚。"

"他是给你打电话？还是发邮件？你和他还有联系没？"

"联系？没有，没联系。我不想再回答你的问题了。你不觉得我们俩之间，文明社会的一对已婚夫妇之间，聊这种话题很奇怪吗？"

35

好了，要解开的谜团变成两个了：为什么她的思绪总是飘到波兰人那儿？为什么她丈夫突然变得咄咄逼人？

后一个问题容易回答。她丈夫嗅到了什么气息，故而有所反应。不是别的，就是心理学方面的问题。

前一个跟心理学无关，而是跟遗漏了什么有关，但遗漏了什么目前似乎还没有专门的学问来研究。谜团学？遗漏学？

36

两幅巴西的画面出现在她脑海中，两种刻板印象：耀眼的白沙滩上，一具具古铜色的肉体正在懒洋洋地躺着消磨时间；漏雨的棚屋里，满头大汗的女人正抱着啼哭不止的婴儿在煤气炉前干着什么。当然，这不是巴西的全部。还有第三个巴西，第四个巴西，第一百个巴西在等待来访者。

37

巴西这事,并不代表她的婚姻出现了危机。她的婚姻没有危机。她从没打算离开丈夫,她丈夫也没傻到想离开她。而且,她也没有爱上那个波兰人,顶多是对他感到同情、可怜、遗憾:同情的是他孤单且苍老;可怜的是他已经和世界脱节,不明白世界已经越来越不愿听他用那种疏离的方式来演绎肖邦;遗憾的则是他对她产生了异常的迷恋(他可能会说那是爱,但她觉得不是)。

38

跟他一起去巴西太荒唐了。他不用给巴西上流社会演奏肖邦的时候,他俩能干什么?在长长的白沙滩上和古铜色的巴西肉体间散步吗?还是跟着巴西的乐队手舞足蹈?

她喜欢熟悉的东西,喜欢舒服,不喜欢为了新奇而新奇。也难怪丈夫觉得她没有好奇心。

比如马尔蒂诺夫。她从没听说过马尔蒂诺夫,所以就不喜欢他的音乐。这一点确实不是什么能给她加分的项。

39

她干吗贬低自己呀？说得她好像又愚蠢又自满，甚至还有些鄙俗。她这是搭错哪根筋了？

40

她不做梦。从来都不做。她睡得很久，很沉，一个梦都没有，第二天一早神清气爽、精神焕发。她有良好的睡眠质量，有健康的生活方式，所以很可能长命百岁。

做不了梦，她就尽情地发挥想象。她可以巨细无遗地想象出跟波兰人在巴西的一周会是什么样，尤其能想到他们要是睡在一起会是什么样。她只得假装快乐得飘飘欲仙，而他只得假装相信她。

我赦免你（在踏上巴西的土地前，她需要告诉他这一点）：我免除你所有的性爱义务。你睡你的床，我睡我的床。

41

她好奇他是否记日记。勾引者日记。他有胆量把她写到日记里吗?他和来自巴塞罗那的某女士在巴西共度了一星期,"出于对她家人的尊重,姓名不便透露"。

三

1

又来了一封邮件,内附一个音频文件:肖邦的 b 小调奏鸣曲。"这是我专门为你录的。我无法用英语诉说我的内心所想,只能用音乐来表达。请听一听,我恳求你。"

她乖乖顺从了,用鹰一般的专注去倾听乐句划分、音调变化,以及最细微的加速和减速——任何能被理解为"悄悄话"的东西。但她什么都没听出来,只觉得一头雾水。音乐会圈子的小图书馆里就有德意志留声机公司为他录制的唱片,听起来跟这没什么两样。要是他真在里面夹带了什么私话,那用的也是她读不懂的密码。

2

时间嘀嗒流逝。又一封邮件到来:"10月,我会到马略卡岛①参加肖邦音乐节。之后,或许你所在的音乐会圈子能再邀请我去。这是我衷心的希望。"

她回复道:"亲爱的维托尔德,谢谢你的录音,也很高兴听到你要在肖邦音乐节上演奏。可惜的是,我们音乐会圈子今年剩余的表演计划已经敲定了。你的比阿特丽兹。"

一天后,她又写了一封邮件。"亲爱的维托尔德,我婆家碰巧在索列尔②有栋房子,离肖邦音乐节的举办地巴尔德莫萨③不远。我和我丈夫10月份会去那儿待段时间。你那边结束后,愿意过来找我们吗?房子很大,你会有自己的房间。你想好了告诉我。你的比阿特丽兹。"

他回邮件道:"谢谢你,谢谢你,但我没法成为你们全家人的朋友。维托尔德。"下面还附了言:"《全家人的朋友》

---

① 马略卡岛(Mallorca):西班牙巴利阿里群岛中的最大岛屿,位于西地中海,又名马洛卡岛。马略卡岛首府是帕尔马。
② 索列尔(Sóller):马略卡岛西北海岸的一个小镇。
③ 巴尔德莫萨(Valldemossa):马略卡岛上的一个小镇,位于帕尔马以北。1838年冬天,肖邦与其情人法国作家乔治·桑曾旅居于此,其间肖邦创作出了著名的《雨滴前奏曲》。

是本著名的波兰小说，被人们誉为波兰版的《少年维特之烦恼》。"

她倒是听说过《少年维特之烦恼》，但没听过《全家人的朋友》。这又是什么暗语吗？他是希望她找来《全家人的朋友》看看？荒唐男人！

3

她问丈夫："我们10月还去索列尔吗？"

"去呗，要是你想去，要是房子没人占着。"

"肯定没人占着。我想让托马斯、爱娃和那孩子也过去。"

"好啊！好啊！那你来安排？但别待太久，别超过一星期。"

"我来安排，不过到时候你先走吧，我可能还要多待几天。一个星期太短了。"

她平常不爱打马虎眼，喜欢有话实说，喜欢把牌都摊到桌上。但有时候，把牌都摊到桌上不是什么好主意。

4

她问了问儿子托马斯。"不行啊,"他说,"我还得上班,没法请假,况且带宝宝出门也麻烦。"

5

她订好机票后,打电话给索列尔的管家,叫她到时候把房子收拾好。

制订计划、确定细节,对她来说是种享受。要说音乐会之所以能运转顺利,那全都是她做事勤勉、注重细节的缘故。

6

她并不打算去巴尔德莫萨听波兰人弹琴。叫他来找她吧。

密谋。密谋。

7

她丈夫的爷爷靠航运发家致富后,在20世纪40年代买下了索列尔郊外的一座农场。刚买到手时,农场还在运作,房子是所有活动的中心,但随后那些年里,农田一块接一块地都被卖了,最后只留下那栋大房子和附属的建筑物。

她丈夫小时候常去那儿度假,所以对房子的感情很深。不过,感情虽深,但去的次数却越来越少了,让她百思不得其解。倒是她自己越来越喜欢那栋老房子,喜欢它朴素的石结构和高高的天花板,喜欢它晦暗的走廊和凉爽的庭院,以及院里怒放的蓝雪花、叶子花,还有院中央那棵高大苍劲的无花果树。

8

良心问题。她会因为邀请波兰人而良心不安吗?去年在健身房她任由一个小伙子跟她眉来眼去,有一次还被摁到墙角亲吻(让对方亲了脖子和喉咙,但没让亲嘴),那时候她并没有良心不安啊。难道是因为地盘问题?相较起来,健身房是中立地带,而索列尔的房子是她丈夫的地盘,是他们家传了两代的地盘?

波兰人都七十多岁了,已是迟暮之年。健身房的男青年才二十几岁,还有大好时光在将来等着他。二者实在没有多少可比性。她丈夫要是忌妒那个健身男还情有可原,可要是忌妒波兰人就有点儿匪夷所思了。男人到了波兰人那岁数,应该不会再引燃妒火,没那本事了。但无论如何,她都不打算跟他上床。到索列尔之后,他可以参与她的日常生活,可以陪她去超市,帮忙提东西,还可以清理泳池里的落叶。有间空屋里还放着一架老掉牙的立式钢琴,他可以修一修,然后给她弹琴。等到周末时,他的所有浪漫幻想就会灰飞烟灭,他就会看清楚她的真面目,然后抱着一颗更悲伤但也更睿智的心回到祖国。

9

"你还记得之前有个波兰人叫我跟他一起去巴西吧?"她对丈夫说,"我们在马略卡的时候,他也会去,要在肖邦音乐节上表演。你介意我请他过来吃午饭吗?"

"有什么好介意的。但是,你难道不想单独跟他见?"

"不想。我觉得他应该看到我和家人在一起的样子,然后才能清醒过来。他对我有些非分之想。"

密谋。

10

她写给波兰人的邀请具体得有些过分。如果他想见她，应当计划某某日到达，某某日离开，应当在巴尔德莫萨坐203路公交车，坐到索列尔站。如果他能提前打个电话，告诉她他到站的时间，她可以去接他。给他安排的住所不在主宅里，而是院中的一间小屋，里面有厨房，各种用品一应俱全，他要愿意可以自己做饭。不愿意的话，欢迎跟她，比阿特丽兹，他的女主人，一起用餐，管家会把饭准备好。他的时间可自由支配。

读起来，也意在读起来像一封发给房客的邀请函。

11

休假开始，她跟丈夫来到索列尔，一起度过了安静的一周。天有些凉，风有些大，但也没什么可抱怨的。路上空空荡荡，大部分游客都已经离开了。他们开着车去了巴尼亚尔布法，去了帕格拉，她在那儿好好游了个长泳，游完之后神清气爽。他俩都喜欢福纳卢奇①，所以还去那儿的一家餐厅吃了饭。

12

"那个波兰音乐家怎么了？"她丈夫问，"我还以为他会过来吃午饭。"

"时间对不上。"她回答，"他下周才有空，但那会儿你都走了。"

"好可惜，"她丈夫说，"我还想着能见他一面。"

他微微一笑。她也微微一笑。再不好过的坎儿，他们以前也过了，所以这次也能行。

13

她丈夫走了。波兰人来了。她开着他们在索列尔用的那辆铃木小汽车去公交站接上了他。赫罗纳一别已有近一年，

---

① 福纳卢奇（Fornalutx）：马略卡岛西北部的一个小村镇，是全马略卡岛最美的小镇之一。

他肉眼可见地又老了很多。一个不折不扣的老头。

他又老了一些，当然很正常。他凭什么不会受到岁月的摧残？可即便如此，她还是有点儿失望——不只有失望，还有沮丧。

她好奇巴尔德莫萨的观众怎么看他。来自过去的幽灵——会这么想吗？但又或许，对某些人而言，他坐在钢琴前的时候，会散发出一种超越了时间的权威气质。

14

他吻了她的两颊，小声说道："你看起来真美，气色真好。"他的嘴唇很干，但皮肤像婴儿的一样软：老头皮肤。

15

两人开车回去，一路无言。虽然山路坑坑洼洼，但她车技一流，比她认识的大部分男司机都强。上岛后，她丈夫总会把车交给她开，说："坐你开的车安全。"

16

她把波兰人带到给他住的小屋。"我先过去了。你整理一下行李,收拾收拾。等午饭好了,洛蕾托会按铃。"

"您真仁慈。"波兰人说。

仁慈,这个词现在还有意义吗?万福玛利亚,你充满圣宠,为我们祈求天主。

17

午餐铃一响,他便过来了:已经换过衣服,穿着凉鞋、米色休闲裤、天蓝色衬衣,还拿着一顶巴拿马草帽——为午后活动做的准备。

她向洛蕾托介绍客人,告诉她:他不会说西班牙语[①]。洛蕾托冲他生硬地笑了一下,点点头:"先生好。"[②]

除了这栋房子,洛蕾托还负责照管山谷深处一个墨西哥人的房子,平时上下班都骑一辆 125 排量的小摩托。她丈夫做各种零工,也做园丁。两人有一儿一女,均已成年、成

---

① 原文为西班牙语。
② 原文为西班牙语。

家，住在伊比利亚半岛上。

洛蕾托身上没什么出人意料的地方。或者更确切地说，她所了解的洛蕾托没什么出人意料的地方，连小摩托也不意外。但很显然，洛蕾托有自己的生活，雇主看不到，或许充满了出人意料之处。比如，洛蕾托可能也有她自己的"波兰人"，也有某个男人觉得她，洛蕾托，风姿绰约、值得追求。现在这个故事的主人公不是洛蕾托和她的有情郎，而是她，比阿特丽兹，和她的波兰爱慕者，不过是个偶然。再掷一次骰子，故事讲的就是洛蕾托不为人知的人生了。

18

"你今天有口福了，洛蕾托给我们做了传统的素菜砂锅①。你听过吗？巴尔德莫萨有没有这个菜？我们加泰罗尼亚那边有类似的，不过名字叫 samfaina②。"

她向来都是个称职的女主人，总有办法让客人放松下来。但今天要让波兰人不觉得拘束，像回了自己家一样，对

---

① 原文为西班牙语。
② 加泰罗尼亚的一道菜肴，由茄子、节瓜、红椒碎混合大蒜、洋葱和番茄，再淋上橄榄油制成。

她来说尤其重要,因为只有这样,他才会带着愉快的记忆离开。

"你丈夫没来?"波兰人说。

"来了,工作上有点儿事,又被叫回去了。他叫我代他转达歉意,很遗憾没能跟你见上一面。"

"你丈夫,他是个好男人吗?"

这问题问得好奇怪。"嗯,我认为他是个好男人。在我们这个时代做个好男人不算困难。"

"是吗?你这么认为?"

"是啊。我们生活在幸运的时代。在幸运的时代这样不困难。你不这么认为?"

"我没有生活在幸运的时代,但我在朝做个好男人的方向努力。"

她不明白为什么坐在桌这边的人可以生活在幸运的时代,而坐在桌那边的却不能,但也没再细究。"跟我说说你那个唱歌的女儿吧。我记得你说她定居德国,她在那边过得怎么样?"

"给你看看。"他掏出手机,让她看照片。一个十几岁的少女,身材修长、表情严肃,穿着一身白。"这是张老照片,以前拍的,但我一直留着。她现在不一样了,结了婚,住在柏林，和她先生一起开餐厅，生意很好，赚了很多钱。唱歌啊？算是过去的事了，我感觉。所以，她现在很成功，但是不开心，没有福。"

没有福。这人的英文水平让人有时候很难明白他想说什么。是要表达什么深刻的东西呢，还是像猴子坐在打字机前面那样，不过是敲错了字？有钱人真的不幸福吗？她有钱，多少也算幸福。波兰人开了那么多场独奏会，肯定也有钱，看起来并没有不幸福。或许有些阴郁，但并不痛苦。可能他的意思是女儿在柏林过得不满意吧。不满意并不罕见。不满意是不知道自己想要什么。

"你和她平时见面多吗？你们关系怎么样？"

波兰人掌心向上，做了个摊手的姿势，但她不明白是什么意思。在她所处的文化背景中，这代表着鼓起勇气，继续前进！可在他所处的文化环境里，意思可能完全不同——比如可以是无能为力。

"我们以礼相待。"波兰人说，"但她的个性没随我，随了她母亲。"

以礼相待。这又该如何理解？我们不互相掐脖子？不当着对方的面打哈欠？见面时行吻面礼？不管是哪样，父女之间以礼相待似乎算不上什么大成就。

"那我走运一些,"她说,"我的儿子们个性都随了我,脾气跟我一模一样。我们的血管里流着相同的血。"

"那挺好。"波兰人说。

"是啊,是挺好。我本来还邀请了我们家老大来索列尔,他是个认真的人,你应该会喜欢。但很可惜,他来不了,因为刚有了孩子,他老婆觉得带孩子出门麻烦。可以理解。"

"你都当奶奶了啊?"

"是啊,过完下个生日就五十了。你不知道?"

"绅士从不打听淑女的年龄。"

他说这话时一脸正经。他从来不笑吗?完全没有荒谬感?

"但有时候,"她说,"绅士之所以不打听淑女的某些方面,其实只是绅士不想知道淑女的某些方面。绅士觉得有些事还是不知道为妙,知道了反倒会打破他对淑女的某些看法,颠覆他的某些预想。"

波兰人揪下一小块面包,蘸了点儿酱,没再搭话。洛蕾托正在厨房那头洗盘子,但一看她那样子就知道是在偷听。或许她并非像她表现出来的那样不太懂英语。

"吃好了?"她问,"吃饱没?喝咖啡吗?"

19

洛蕾托把咖啡给他们端到了客厅。透过客厅巨大的窗户（她丈夫的点子），下面的山谷和杏树林一览无余。

"所以，维托尔德，现在终于来到阳光明媚的马略卡，还有你捉摸不透的红颜知己做伴，终于开心了吧？"

"我最亲爱的女士，我不知道该怎么说。不知道怎么用英语说，不知道怎么用别的语言说。我对你只有感激，真的。发自内心的感激，你能看出来。"他的双手做了一个古怪、笨拙的动作，像是从下面把胸膛打开，拿出了里面的东西。

"看出来了，也相信你。但我还是不明白你的宏大计划——你的意图，你的打算。你既然来这儿了，现在能不能告诉我为什么来？想从你的朋友这里得到什么？"

"亲爱的女士，也许我们可以像正常人那样，做点儿正常的事——行吗？没有计划。就一个正常男人和一个正常女人，没什么计划。"

"真的？你真这么想？以我的经验来看，似乎不是这样。我的经验是，正常男人和正常女人通常都有跟对方有关的打算，或者说意图。姑且就假装我们没什么计划吧，那我问你,等你回波兰后,朋友要是问:'你跟一个女性朋友在马略卡岛待了一周啊!怎么样?'你要怎么回答?你会说还行,没什么不正常的地方,除了阳光明媚,跟在波兰待着差不多?"

波兰人笑了一下,那种短促、突然的笑。这是她第一次听到他笑。"你总是能把我逼到角落里,"他说,"你知道的,我的英语没你好。'正常'这个词不合适的话,有没有更好的词?"

"正常是个好词,没什么不好。"

"普通,"他说,"也许普通更合适。我想跟你一起生活。这是我的心愿。我希望一直跟你生活到我死。普普通通地活,靠在一起。就像这样。"他的双手紧紧握在一起。"靠在一起过普通日子——我想要这样。永远这样。如果有下辈子,那下辈子也一样。但如果没有,好,我能接受。要是你说不行,不能一辈子,就只有这个星期——行,我也能接受。哪怕一天也行,甚至是一分钟。一分钟就够了。时间是什么?时间什么都不是。我们有我们的记忆,记忆里不存在时间。我会把你刻在回忆里。而你,或许你也会记得我。"

"我当然会记得你,你这么古怪。"

这些话脱口而出后,又回荡在她的脑海中,让她有些吃惊。说什么呢这是？既然她有充分理由认为波兰音乐家来索列尔拜访她的这段插曲，会被自己慢慢淡忘，到她临终时会比一粒尘埃还要微茫，那现在为何又承诺会记得他？

男人似乎笃信记忆的力量。但她想跟他讲讲遗忘的力量。她有多少事是没忘的！她就是个正常人，是个普通人，根本不是什么"例外人"。

她都忘了哪些事？想不起来了。早没了，早从地球上消失了，仿佛从来没存在过一样干净。

20

她回过神来。"去散散步？"她说，"你带没带散步鞋？傍晚的时候风会变大，要是想散步的话，最好现在去。"

波兰人换好鞋，两人出了门，沿一条小径往山上走，到顶之后能俯瞰全城。他走得慢，但没有她担心的那么慢。

"波兰是什么样的？"她说，"我从来没去过，你也知道。"

"波兰没有这里美。波兰到处是垃圾，几百年的垃圾。我们从不掩埋，也不隐藏。只有生在波兰的人，才会热爱波兰。你要去的话，肯定不会喜欢我的国家。"

"但你爱波兰。"

"我爱波兰,也恨波兰。不是我特殊,很多波兰人都这样。"

"你的老师弗里德里克·肖邦离开波兰后,再也没回去。你本来也可以学他吧。"

"是啊,我本来也可以告别波兰,到巴尔德莫萨买间公寓,然后等待某个法国女人的到来——某个像乔治·桑一样的女人,厌倦了法国男人的臭毛病,想把自己的爱献给一个温柔似水的波兰人。或者,我也可以在巴塞罗那买间公寓。但这样对你来说不太好,所以我不会去做。这是实情,对吧?"

确实,确实!确实是实情!如果这个男人老在她的家门口晃悠,老是阴魂不散地跟着她,对她来说确实不好。"我同意。你来巴塞罗那生活是个非常不好的主意。对我不好,对你可能更不好。"

可他干吗提乔治·桑呢?不管他的本意是什么,她都觉得这个说法很讨厌:好像她成了他的外国情妇、兼职保姆。

山顶到了。两人停下脚步,凝望着海岸线。情侣们此时会拥抱在一起。情侣们或许还会接吻。但他俩不会。

"对了,晚上的话,"她说,"你想出去吃,还是吃我做的饭？索列尔倒是有一两家好餐厅。或者也可以开车去别的地方。"

"那位女士——洛蕾塔是吧？——她不给你做饭？"

"洛蕾托她不是每天都过来，即使过来，3点也下班了。要是想让她回来做晚饭的话，我得特别安排一下。"

"今天我还是想待在家里。明天我带你出去吃。但今晚，我们不出门了，我给你打下手。"

"那好吧，我们就在家吃。我做饭，但你不要帮忙。"她想象着波兰人在厨房里碍手碍脚的样子，一会儿撞到这个了，一会儿又打翻那个了。"我做饭，你歇着。"像是在跟小朋友讲话。

21

晚饭做的是沙拉，还有一个大大的煎蛋卷，里面用的香草是从花园里采来的。她决心一切从简。要是波兰人没吃饱，还有面包可以吃。

他们在索列尔这儿藏了不少好酒——当然，酒都是她丈夫买的。她没喝多少，波兰人喝得多。

"我给你带了个礼物。"波兰人说。

她解开小盒上的丝带,揭下盖子,里面似乎是个松果。

"是玫瑰。"他解释道。

确实是朵玫瑰,材质是黄色的木头,雕刻得很精致。

"真漂亮。"她说。

"这是从肖邦夫妇,就是弗里德里克的父母家里弄来的,是波兰的一种民间艺术。这种民间艺术主要为宗教服务,用在教堂的圣坛上。但弗里德里克的父母不信教,所以就跟其他花一起放在家里做装饰。在他们那会儿,这花上还漆了色,但时间已经过去二百年,颜色早掉光了。不过,我觉得光剩木头反而更美。不知道你们在英语里管这种木头叫什么,波兰语里是 świerk(云杉)。"

如此看来,圣徒肖邦的这件遗物以后得由她照管了。可她堪当如此重任吗?毕竟她连上帝都不信,肖邦就更别提了。"谢谢你,维托尔德。"她说,"太美了,我一定会珍藏它。不过我现在得跟你道晚安了,我要早点儿去睡觉。西班牙人不是都这样,只是我习惯早睡而已。所以,恐怕你也只能去休息了,因为我得锁门。门没锁好,我睡不着。外面会给你留盏灯。晚安。"她伸过脸去让他亲了一下,"好好休息。"

22

平时她入睡很快,但今晚不似平时。邀请这个波兰人来索列尔是不是个错误?我想跟你靠在一起过普通日子,就像两只紧紧握在一起的手。下辈子也一样。什么矫揉造作的屁话!你让我内心感到平静。一朵来自他偶像家里的玫瑰。送给你!真荒唐!

接下来几天干什么,让她犯了难。他们俩该怎么打发时间?散步?闲扯?去海边,去餐厅?要天天这样,那他们——两个懂礼貌、讲文明的正常人——用不了多久就得有一个人先崩溃!这算哪门子的度假啊!

那人想怎样?她想怎样?

23

第二天日间。此时他们已经吃过早餐。

"来,带你看样东西。"说完,她领着他去了后面的一个房间。那里面摆着一架钢琴,琴上盖着防尘布。在她的印象里,那块布从来就没拿下来过。

她拿掉防尘布。"你看看,"她说,"还能用吗?"

他耸耸肩。"太老了,"他说,"西班牙制造。西班牙可称不上钢琴之乡啊。"他弹了一个音阶。琴键又慢又黏,有个琴槌不知去哪儿了,琴弦也走调走得厉害。"你有工具没?"

"钢琴工具?没有。"

"不是钢琴工具,就平时用来修机器的工具。"

她带他去车库找工具箱。他拿了一个扳手、一把钳子,在那架钢琴上鼓捣了一个小时。然后,他坐下来,简单弹了一曲,因为少了个琴槌,听起来反倒别有一番韵味。

"真不好意思,没有更好的琴让你弹。"她说。

"你记得奥菲欧[①]吗?奥菲欧也没有钢琴,只有个竖琴,还是非常简陋的那种,可动物们都围上来听他演奏,狮子、老虎、马、牛等等,全都来了,和平地聚到一起。"

奥菲欧。所以,他现在都成奥菲欧了?

[①] 奥菲欧(Orfeo):希腊神话中的诗人和歌手,是音乐之神阿波罗和司管文艺的缪斯女神卡利俄珀之子,传说他的琴声能使神人俱醉,猛兽也会在瞬间变得温顺。"奥菲欧"(Orfeo)是这位神话人物在音乐语境中的意大利语拼写,在希腊语中名为"Orpheus",国内常译作"俄耳甫斯"。

24

他们开车来到港口喝咖啡。在一个可以俯瞰海港景色的露台上,她问起了他在巴尔德莫萨的演出。"你觉得那儿的观众接受力如何?或者说他们喜欢听你弹奏吗?"

"演奏场地是一座老修道院,传声效果不太好。但观众——嗯,观众里有严肃的人,有些是。"

"所以你喜欢这样的?严肃的人?那我算不算严肃?"

他上下打量了她几眼。"在波兰我们会说一个人很 heavy(重),不是由空气做的。你是个 heavy 的人。"

她笑起来。"英语里会说 solid(固态的、稳固的),意思是一个人很可靠,是个实在人。heavy 是指人长得胖。很高兴听到你说我不是空气做的,但你错了,我不可靠,不是实在人。"

她心想:如果你现在说我是 liquid(液态的、易变的),那我就开始相信你了。但他没说。

我就是 liquid,你要想抓住我,我就会像水一样从你手里流走。

"相比之下,你倒是很 solid,"她说,"对于肖邦的作品而言,或许太 solid 了。有人跟你这么说过吗?"

"很多人觉得肖邦是空气做的,"他说,"我想纠正他们的看法。"

"肖邦的作品里有很多空气一样的轻盈感。水甚至更多。潺潺流水。液态的音乐。德彪西也是。"

他点了点头。对还是不对?她不知道该如何解读他的肢体语言,或许永远也不会知道。一个外国人。

"我是这么看的。"她说,"当然了,我能知道什么?音乐方面我是外行。"

25

他在后面房间里弹了一下午即兴钢琴。她没听到咔咔嗒嗒的杂音,便猜想他应该是绕过那个死键没用。看来不是缺心眼,还算机智。

趁他忙时,她大着胆子踏入了他的地盘,他住的那间小屋。浴室里残存着淡淡的科隆香水味,旅行用品整齐地摆在镜下的架子上,她心不在焉地看了看:一个刮胡刀、一把乌木柄梳子、一瓶发油、一瓶洗发水,还有一排小药盒,每个上面都贴着用波兰语标注的药名。来自另一个时代的男人。也或许波兰就是这样:困在过去。她为什么对波兰一点儿都不好奇呢？

26

她请他为自己弹琴。"就弹你在巴塞罗那弹的那几首卢托斯瓦夫斯基吧。"

他弹了前三首，弹到少了琴槌的 F 键时就是咔嗒一声。

"这就够了？"

"嗯，够了。我就是肖邦听多了，想换换脑子。"

27

"马略卡的行程结束后，你要去哪儿？"她问他。

"在俄罗斯有演出。一个在圣彼得堡，一个在莫斯科。"

"你在俄罗斯出名吗？请原谅我的无知。我是指俄罗斯人对你评价高吗？"

"世界上哪个地方的人对我评价都不高。没关系。我是老一代，是历史，都应该进博物馆、玻璃柜了。但我还在这儿，还活着。这是个奇迹，我跟他们说，你们要是不信，可以来摸摸我。"

她听得有点儿糊涂。谁不信他?请谁来摸摸他?俄罗斯人?

"你应该为自己感到骄傲,"她说,"不是每个人都能被历史记住。有多少人终其一生想被载入史册而不得。比如,我就不可能被载入史册。"

"但你也没想啊。"他说。

"嗯,那倒是。我对现在的自己很满足。"

她没说出口的是:我为什么想载入史册?史册关我什么事?

28

"这城里有理发师吗?"他问。

"好多呢。你要做什么?如果只是剪一下的话,我可以给你弄。我以前经常给儿子们剪头发,技术完全过关。"

这在一定程度上是个试探,想看看他对自己那狮子鬃毛一样浓密的头发有多自负。

结果是一点儿都不自负。"你给我剪头发——真是莫大的恩赐。"他说。

她让他坐在门廊上,又在他脖子上围了块布。他不需要看镜子，似乎对她有着绝对的信任。整个过程中他都闭着眼睛，嘴角挂着恬静的微笑。难道她的手指碰到他的头皮就足够让他心满意足了？抚摸某人的头，竟是一种意想不到的亲密行为。

"你的头发又细又软，"她说，"不像男人的，倒像是女人的。"她没说出口的是，他头顶后方有些秃了。但或许他自己也知道。

父亲在临终前的那几个月、几个星期，本来雇了护工来照顾，但需要帮忙时往往会先喊她，比阿特丽兹。尽管承担起这个责任时她毫无准备，但表现却相当不错，连她自己都有些惊讶。如果波兰人这会儿生了病，她也会照顾他，会感觉这是理所当然的事。但他来到她的家门口不是因为老了需要人照顾，而是想跟她做情侣，这就理所不容了。

29

"你从没跟我讲过你的婚姻，"她说，"是幸福美满的婚姻吗？"

"我的婚姻已经是陈年旧事了。当时波兰还是社会主义国家。1978年离的婚，1978年几乎算是历史了。"

"你的婚姻已经成了历史,并不意味着没存在过。记忆还在——你自己说过。你肯定还有记忆。"

波兰人又露出了先前那种似笑非笑的表情。"我们有些人记住的是美好的回忆,有些人记住的是不美好的回忆。记住哪些都是我们自己选择的。有些回忆会被我们埋到地下。你们是这么说吧:地下?"

"是啊,是这么说。地下。不美好回忆之墓。那跟我说说你有哪些美好的回忆。你妻子那会儿什么样子?叫什么名字?"

"她叫玛乌格热塔,但大家都叫她格夏。以前当老师,教英语和德语。我的英语水平就是她帮我提高的。"

"你有她的照片吗?"

"没有。"

当然没有了。怎么会有。

他没有打听她的婚姻,以及与之相关的美好或不美好的回忆,也没有问她有没有随身带一张丈夫的照片。他什么都没问。真的不好奇。

30

这是他们比较推心置腹的一次对话。其他时候,两人都是一起沉默。平时她的话并不少——跟朋友在一起时聊得眉飞色舞——但波兰人身上似乎散发出一种禁止闲扯的气质。她告诉自己是语言问题——如果她是波兰人或者他是西班牙人,聊天会更轻松,像正常情侣那样。但他要是西班牙人,就成了另一个男人,就像她要是波兰人,也会变成另一个女人。他们就是他们:成熟、文明的人。

31

她带他到福纳卢奇吃午饭,但去的不是她和丈夫常去的那家温馨的小饭店,而是一家宾馆的附属饭店。那家宾馆一百多年以前曾是某地方名人的宅邸,正中央是个露天庭院,鸟儿们会飞进来,在桌子之间走来走去,或者在喷泉里戏水。没人好奇他俩是什么关系,没人有兴趣了解。他们是自由的存在,无须向谁交代。

她去了趟卫生间,从昏暗处走出来后,却在门口停下了脚步。她在等着他看向她,然后再从桌子之间款款走到他面前。他目不转睛地盯着她,两个服务员也一样。

她很清楚自己有那种能让男人神魂颠倒的特质。优雅:一个到底不会过时的概念。她心想,无论身在波兰还是俄罗斯,他都会回味这个时刻,回味起优雅的化身如何款步向他走来。各位宾客、厨师、服务员,他会想,我们大家何德何能,竟然有此荣幸目睹优雅从天而降,并沐浴在它的光辉中?

32

他们一起在家的第三天。洛蕾托已经干完家务活儿下班了。她,比阿特丽兹,想看看书,但是老走神。时间慢得像是在爬,她竭力用意念让它走快点儿。

夜幕终于降临。她敲了敲小屋的门。"维托尔德,我做好饭了,来吃吧。"

他们默默吃完饭后,她说:"我去收拾一下,然后就准备睡觉了。后门今天不会上锁,夜里你要是觉得一个人冷清,想过来看看,可以过来。"

她只说这么多,不想把这事变成一场讨论。

她刷了牙,洗了脸,梳了头,又在浴室的镜子前检查了自己一番。对镜自赏是小说或电影里的女人才会干的事，但她不是在小说或电影里，所以她不是在自赏。不，是镜子里的那个人在检视她，她是在经受对方的检查。对方看到了什么？

她竭力想让自己进到玻璃里面去，然后占据那个陌生的自己，那个陌生的眼神。但没有用。

她换上一件黑色睡袍，拉开窗帘，并关了灯，月光倾泻而入。她还是个漂亮女人：至少容貌依旧。太不可思议了，你保养得可真好啊！玛加丽塔说，都生过俩孩子了，身材还像18岁的少女！嗯，就好好让他为自己的运气叹上一叹吧。但刚刚提到的俩孩子现在要是看到她，会怎么说？妈妈，你怎么能这样！

她听到后门开了，听到他的脚步声，听到他进了卧室。他一声不吭地脱光衣服，她把目光移向别处。她感觉到他的身体慢慢在身旁躺下，感觉到他厚实的胸膛贴到自己身上，胸毛厚得像块毛毡。怎么跟熊似的！她想，我这是给自己招来了什么麻烦？晚了：没机会反悔了。

她能帮他的地方会尽量帮一下。尽管没有跟老头做爱的经验，但她大概能猜到他们在床上会遇到哪些困难，会有哪些不足。被那么重的身体压在下面，是一种奇怪的体验，而且有些让人害怕,但好在很快就结束了。

"终于得到了我,"她说,"得到了你优雅的女士,你现在满足了吗?"

"我的心已经满了。"说完,他把她的手压在自己的胸口。她微微感觉到了他的心跳,怦怦怦,跟她自己均匀的心跳比起来相当快——事实上,快得有些让人害怕。她可不希望自己的床上出现一具死尸。

"我不知道满的心跟空的心有什么不一样,"她说,"但你一定要注意。听见没?懂我意思吗?"

"听见了,cariño①(亲爱的)。"

Cariño。他这些都是从哪儿学的啊?

33

她可不想让这么个大块头在她床上过夜。"我得睡了,"她说,"你得走了。明早再见,维托尔德。晚安,好好休息。"

她望着他影影绰绰的身体慢慢穿好衣服。房门开了,一道微光照进来,又马上消失了。

---

① 此处为西班牙语。

还要在索列尔待三晚,他不会指望她每天都会这么招待吧?一阵疲倦的海浪向她袭来。她这会儿特别希望自己已经回到了巴塞罗那,回到了自己床上,回到了正常生活中,没有这些乱七八糟的事。但她最希望的,还是赶紧睡着。

34

第二天早上,她花了好长时间搭配衣服和化妆,等她到厨房时,波兰人已经吃完早饭。她伸过脸让他行了吻面礼。

"睡得好吗?"她问。他点点头。

她边吃碗里的水果边端详他。他看起来怎么样?主要是不知所措。可能还失眠了。

要怪只能怪你自己。她自责道。两个陌生人在黑暗中不期而遇,干了一件谁都没有心理准备的事。扮演者。表演者。你以为你能做到全身而退,你以为不会有什么后果,但你错了,错了,错了。

"要不去游泳吧?"她提议道,"你带泳裤了吗?没带?你要愿意,我们就在索列尔买一条。"

他们来到一家服装店。适合波兰人尺码的泳裤只剩黄色了。

时间还早，游客们还没拉家带口抵达她最爱的那片海滩，这个点来的只有真正的游泳爱好者。

几小时前还赤身裸体地躺在一张床上，现在又在耀眼的阳光下看着对方半裸的身体：这对他俩而言都是一次很不自在的经历。那她看到了什么？看到了他的腿有多细，甚至可以说纤弱。她暗暗希望他不会注意到她大腿内侧纵横交错的青筋。

你让我内心感到平静。身体缠扭在汗湿的身体上。不仅男人感到震惊，女人也一样。如此对决之后，哪还有倾慕、崇敬的立足之地。倾慕早卷铺盖溜走了。

下水后二人各玩各的。他待在浅水中，她则一头扎向了深水域。

独自待在海里，真是如释重负。她可以潜入海中，化为一头海豚，可以感到自己一手制造的麻烦正被海水冲刷殆尽。把陌生人请到丈夫童年时的住所，怎么会冒出这种愚蠢的念头！

35

他们返回了住所。"我想跟你说一下洛蕾托。"她说，"洛蕾托是女人，有着女人的眼睛，所以我们在她面前装作没事人毫无意义。但是我们也不能肆无忌惮，你懂我的意思吗？如果继续在她鼻子底下私通——事实如此，还是该叫什么就叫什么吧——就等于是在侮辱她。她有自尊心，如果因为这个一走了之，那我的脸就彻底没地方搁了。"

"我知道，"波兰人说，"就是我们不能像恋人那样举止亲昵。"

"对，不能像恋人那样举止亲昵。"

"见面那天，我就爱上你了，可至今都没人知道。世界上没有人比我更善于保守秘密。"

"你要真这么觉得，那你就是个傻子。我一眼能看穿你。洛蕾托一眼能看穿你。是个女人就能一眼看穿你。我跟你说这些不是叫你保守秘密，而是让你维持一种假象，以示尊敬，你能做到吗？"

波兰人低下头："大诗人但丁爱上了比阿特丽斯，但从没有人知道。"

"你可拉倒吧。比阿特丽斯知道，她的朋友们也全知道，还跟所有女孩嘻嘻哈哈谈论这件事呢。维托尔德，你真把自己当但丁了？"

"没有，我不是但丁。我没有受到神灵的启示，在文字上也不擅长。"

36

下午，他们又去散步，还是沿前一次的路线往山上走。

"再多讲点儿你女儿的事吧，"她说，"她长得像你还是像她妈妈？"

"要长得像我，那就是灾难了。没有，她长得像她妈。"

"那内心世界呢？她的激情是随了她妈妈，还是随了你？"

"是否随我？我也说不清。女儿不会向父亲展示自己的激情。"

她没再往下问。激情：他以为这个词是什么意思？就只是夏夜的裸体吗？

他们所有的对话似乎都是这样，就像在黑暗中来回传递硬币，却不知道它们价值几何。

有时候，她感觉他不是在听她说什么，而是在听她的语调，好像她不是在说话，而是在唱歌。她不太喜欢自己的声音——太慢，太软——但他似乎沉醉其中，似乎总在寻找她最美好的地方。

爱但不期待被爱,有些不合常理。

她为什么跟他在一起?为什么把他带这儿来?到底觉得他哪里符合自己的心意?答案是:他对她的喜爱之情实在一目了然。只要她一走进房间,他通常哭丧的脸便会瞬间露出喜色。凝视她的目光中有一定量的男性欲望,但最终会变成一种倾慕、倾倒的眼神,仿佛他不敢相信自己的好运气。把自己主动交给他的凝视,让她很快乐。

她还渐渐喜欢上了他的那双手,一想到他实际上是以体力劳动为生,便觉得很有意思。

不过,让她讨厌的地方也有:比如他很生硬,比如他对周围的一切很疏远,比如他说话时总是一副不可一世的样子。他不管说什么,不管做什么,都给人一种很正式的感觉。就连被她抱着的时候,他似乎也无法放松。他俩说着英语做爱,可这种语言的情欲地带又不对他俩开放,那场面可真滑稽。

她是不是对他要求太严了?对他太不温柔了?是不是我们每个人的柔情天生都有一定配额,而她的已经全用在了丈夫和孩子身上,完全没给这个晚到的情人剩下什么?

如果她不爱他,那么她对他的感情——领着她走上这条歧路的感情——又该叫什么?

如果非要说个明白,她会称其为"怜悯"。他爱上了她,她觉得他可怜,然后出于怜悯而满足了他的欲望。事情的经过就是这样,是她的错。

37

她丈夫打电话来:"跟你那个音乐家朋友怎么样啊?"

"还不坏。他昨天坐公交车从巴尔德莫萨过来,还给修理了一下后屋的那架钢琴,差不多修好了,我们回头可以用。今天下午我打算开车带他在岛上逛一逛。他明天走。"

"那个人层面呢?"

"个人层面?他跟我相处得很好,虽然有点儿不善交际[①],有点儿阴郁,但我不介意。"

她不习惯撒谎,但在电话里似乎没那么难。况且也不算是什么弥天大谎,到最后什么影响都不会有。索列尔发生的一切会成为过去,并被遗忘。

---

① 原文为西班牙语。

38

剩下的三晚，波兰人每晚都会来她床上。她想起了那个故事，说有个希腊女孩担心自己床上那个黑乎乎的陌生人可能是怪物，便点了灯看，结果发现是神。唉，她，比阿特丽兹，倒不需要什么灯。她床上的陌生人或许不是怪物，但也肯定不是神。

而且女孩为什么非得看清来访者？难道那体重，那陌生男性身体的重压，还不够让她做出判断？

新事物的冲击。明亮的冲击，像受到电击一样，不是黑暗的冲击，像被泥石流冲走、掩埋。

第二晚有那么一刻，那种美妙的坠落感，那种坐在水滑梯上飞速往下滑，意志力早已放弃挣扎，内心暂时只剩下了恐惧和快乐的纯粹体验，那种她本以为早已永远消失，只属于青春甚至童年时代的感觉，突然从过去穿越而来了。

她还记得什么？手指在她皮肤上弹奏着，从她体内逗出了音乐。音乐家的触摸。

有时候，在他干那些事时，她心不在焉地想到必须让洛蕾托去买什么东西，或者她跟牙医预约好了但没去成。

作为情人，波兰人是有能力的，但能力不算够。在做爱方面，再坚决的意志也阻止不了身体老化、活力不足带来的影响。他会竭尽所能地掩饰这一点，且每次从她床上下来后，都要感谢她："我从心里感谢你。"她自己的心在这些时刻都特别同情他——虽然这种同情不是出于爱，而是可怜。做男人可真难哪！

她实在不愿意抚摩他，也知道他意识到了她的这种不情愿，这种生理上的厌恶。因为意识到了，所以才会仪式性地表达谢意。谢谢你愿意如此屈尊。

她应当感到内疚。要是对人家没欲望，就不应该跟他上床。可她并不觉得内疚。我给的够多了，她告诉自己，而且这事也不会长久。

39

比——阿——特——丽——兹，他对她耳语道，我会念着你的名字死去。

40

她躺在他的怀抱里，这是他们最后一晚在一起。她说：

"这话不好说出口，维托尔德，但今晚我们得做个了结。我们以后不能再见面了，再见会让我的日子很不好过。我也无须多做解释，你只要接受就行。"

她很庆幸两人都在黑暗中。她不喜欢伤害别人，不想看到他脸上露出任何受伤的表情。

"别把我想成坏人，真的。明早 8 点 15 分有一趟去巴尔德莫萨的公交车，我会开车送你去车站。"

她提前演练过这番话，所以那个时刻自然感觉不太真挚，就仿佛她是站在外围某个地方，或者悬浮在头顶上方，听着女人的声音，看着男人的反应。

男人的反应是松开了前一刻还温暖，但转眼间已冰冷的拥抱；男人的反应是转过身不再看她，下了床，然后穿好衣服；男人的反应是往门口走去（黑暗中被绊了一下），然后出了门。如果仔细听，她还能听到厨房门在他身后咔嗒一下关上了。

她终于长舒一口气。他的反应里没有带着火气，没有带着受伤的自尊，他也没有死皮赖脸在那儿苦苦恳求。这让她很高兴，高兴得都不知怎么形容了。他要是恳求了，那她会永远看不起他。

41

但他终究还是求了,第二天早晨去公交站的路上,最后恳求了一次。"等俄罗斯那边结束后,我们一起去巴西吧,"他说,"你可以在巴西的海里游泳。"

"不行,"她说,"我不会跟着你满世界跑的——不管是你还是别的男人,都不行。"

他们来到了公交站。"我就不等你上车了。"她说,"再见。"她在他的嘴上亲了一下,便转身离开了。

42

回到家后,她去小屋检查了一番。他没有留下任何痕迹,任何有形的痕迹。好客人。

43

洛蕾托问:"先生回来了吗?"[①]

---

① 原文为西班牙语。

"不,那位先生有事被叫回国了。回波兰了。不回来了。"[1]

44

当天剩下的时间里,她缓慢、平静、从容地做着该做的事。她仍然处在震惊当中,并且意识到其实从波兰人第一次出现在自己的卧室里到现在,她一直都是这种状态。如果她能保持冷静,让时间慢慢发挥它的作用,那这种震惊状态——在她的脑海中,就是自己被一块布裹得紧紧的,连气都快喘不上来了——便会慢慢松散开来,放她回到生活的正轨上。

可以是块布,也可能是个框架,就像另一个希腊故事里的床[2],有人为了让你符合他心目中的样子,符合床的大小,便把你的四肢弄断了。

波兰人说不定也一样,谁知道呢。波兰人的腿长得、手大得那么不方便,或许已经被弄断,被扭曲着塞进了他自己的框架里。

---

[1] 原文为西班牙语。
[2] 指普洛克路斯忒斯(Procroustēs)之床。普洛克路斯忒斯,亦称"达玛斯蒂斯",希腊神话中的强盗。他开设黑店,拦劫行人。店内设有一床,旅客投宿时,他将身高者截短,将身矮者拉长,使之与床的长短相符。

45

还有几天才飞回巴塞罗那,她有时间重新组织一下记忆,定下来她要给自己讲的故事,而这个故事将变成她自己的故事。她决定用英语里的一个说法来定义,自己只是 had a fling(放纵了一把)。她跟来访的音乐家放纵了一把,这段关系有其回报,但现在已经结束了。要是直觉向来很准的玛加丽塔盘问(你跟别人上过床了!我能看出来!),她也不会掩饰。就是你弄到巴塞罗那来的那个波兰钢琴家——还记得他吧?他后来去参加肖邦音乐节,正好有空,我也有空,我们就一起待了几天。没什么大不了的。我敢说他有过很多风流韵事。

她已经考虑到了自己的故事很有可能不完整,在某些方面甚至还可能不真实。但反观内心,她并没有找到任何阴暗的残留物:没有悔恨,没有悲伤,没有渴望——没有任何会给未来造成困扰的东西。

没什么大不了的。爱是一种精神状态,是一种存在状态,是一种现象,是一种潮流,即使我们在旁边看着,它也会退回到过去,隐入历史的尾端吗?波兰人爱她,爱得很认真——可能现在也依然爱——但波兰人自己就是历史的遗迹，在他所属的年代，欲望中必须被注入一丝不可企及的感觉，才算得上真正的欲望。那她，比阿特丽兹，他的心爱之人，是这样吗？唉，她当然不是不可企及，恰恰相反，她是太好企及了。来我家找我吧。来我床上找我吧。如果说她最终让自己免担了太好企及的恶名，那也只是因为她把波兰人赶走了——而那个波兰人此时此刻无疑也正在丰富他自己的故事，说一个残酷无情的西班牙情妇在他心上留下一道疤，还得过好久才能长好。

四

1

回到巴塞罗那之后的一段时间内,她依然处在一种轻微的震惊状态中。马略卡发生的事竟然造成了如此持久的影响,让她着实有些惊讶,仿佛一颗炸弹炸了之后没造成什么伤亡,却把人震聋了。

但这种震惊状态并未阻止她重新投入日常活动。她被抽调到了某委员会,专门负责为刚刚崭露头角的年轻音乐家提供驻唱资助,每天要打好几个小时的电话。然后是音乐会圈子那边的事。老观众不是岁数太大了,就是身体不行了,所以来参加活动的人越来越少。托马斯·列辛斯基已经去世,他的遗孀埃斯特尔正准备搬到法国去和女儿住。市政府拨给音乐圈的资金即将被削减一半("财政紧缩"),所以他们也不得不把表演计划从一年十场减到了六场。

她并不想念波兰人,一点儿都不。他经常给她发邮件,但她看都不看便直接删了。

2

2019年10月,蒙波音乐厅。圈子里的一位干事说,有人从德国打电话找她。"说跟之前在这儿演出的一个音乐家有关系,但我没听清楚叫什么,感觉像俄国名字。她留了电话。"

她回过去,听到了一则德语的来电留言,只好用英语留了自己的名字。

对方又打了过来。"我是埃娃·赖歇特,我父亲是维托尔德·瓦尔奇凯维奇,他已经过世了,您应该听说了吧?"

"没有,我不知道啊。真是太让人难过了。请您节哀顺变。"

"他病了好长时间。"

"我真的一点儿都不知道。实在不好意思,我与令尊已经有段时间没联系了。他一定会被人们铭记在心的,他是一位伟大的钢琴家。"

"是啊。他给您留了点儿东西。"

"嗯?什么东西?"

"我也没见过。东西还在华沙的公寓。您去过没?"

"我从来没去过华沙,赖歇特太太,埃娃。我连波兰都没去过。您确定您找对人了?"

"我打了这个电话,然后您给我回过来这个电话,所以就是您吧——不是吗?"

"我明白了。那您能把东西寄给我吗?"

"我在柏林,没法寄。我告诉您华沙公寓的邻居叫什么,您自己来安排吧。邻居叫雅布隆斯卡太太,是我父亲的老朋友。留给你的所有东西她都放在箱子里了,上面写了您的名字。但您得动作快点儿,我正在等律师的文件,文件一到,我就会把公寓卖掉。当然,这对您来说可能不重要,我也不知道,总之由您来决定。但我再说一遍,您必须动作快点儿。华沙有个 wohltätige Organisation①(慈善组织),我不知道用英语怎么说,但到时我会让他们去公寓把所有东西都拉走,清理干净,这是他们的工作。所以如果您想要那些东

---

① 此处为德语。

西，就赶紧联系雅布隆斯卡太太。"

她说了个华沙的地址和电话。

"谢谢您。那我跟雅布隆斯卡太太联系一下，看看怎么办好。所以您是一点儿也不知道您父亲给我留了什么？"

"不知道。我父亲从不跟我讲他的秘密。对了，雅布隆斯卡太太不会说英语，所以您打电话时一定要找翻译。"

"谢谢。谢谢您告诉我。再见。"

秘密。所以，她是波兰人的秘密之一：巴塞罗那的秘密。他在世界其他城市还留下了什么别的秘密？

3

她联系了一家快递公司。是的，他们在波兰有业务，他们的服务范围覆盖了整个欧洲。是的，他们可以在华沙按地址把包裹取走。包裹是什么样的？箱子？大箱子？小箱子？重量在五千克以下、门对门取送的话，价格为180欧元，外加关税。有没有关税得看箱子里装的是什么。所以箱子里装的是什么？照片？CD？用过的CD？这类物品在欧盟内部通常没有关税。那他们要去取吗？

我先安排一下取件的事，她说，然后再给你们打电话。

4

正使用蒙波音乐厅的室内乐团中有个小提琴手是俄罗斯人。排练结束后,她找到了那个人。"能耽误你一分钟吗?我有事要和一位在波兰的女士交代。这是她的电话。我拨通之后,你能替我告诉她星期五会有快递员去取箱子吗?你能帮我这个忙吗?"

"我不会说波兰语,"小提琴手说,"波兰语不是俄语,是不同的语言。"

"嗯,我知道,但这位女士岁数很大了,经历过很多很多历史事件,肯定懂一点儿俄语,而且要交代的事很简单。"

"跟波兰人说俄语像是羞辱,但为了您我试试。快递员是星期五去?"

"快递员星期五去,她一定要把箱子交给人家。"她拨通雅布隆斯卡太太的电话,然后把电话递给他。

没人接。

"那你把我说的话翻译成俄语,我回头发消息吧。就说:日安,雅布隆斯卡太太。我叫比阿特丽兹,是维托尔德先生的朋友。星期五会有快递员去找你,请把箱子交给他们。"

小提琴手说:"我用罗马字母写。"他写道:Dobri den,

Pani Jablonska. Menya zovut Beatriz, ya drug... 你写他的名字。Kuryer priyedet v pyatnitsu. Pazhaluysta, otdayte korobku kuryeru. "我的俄语不是很好，但也许波兰女士能看懂。我现在走了。如果你成功了告诉我，好吗？"说完，小提琴手便匆匆离开了。

俄语信息也没收到回复。第二天一早，她找出那条俄语信息，拨通了雅布隆斯卡太太的电话，准备照着念。还是无人应答。那天白天和晚上，她一有空就会打电话，但都没接通。

5

波兰人到底给她留了什么东西？但不管是什么，值得这么大费周章吗？难道她还想听更多他演奏的肖邦作品？

未来敞着怀抱在等她，但波兰人却要把她拽住，从坟墓里伸出一只大爪子，要把她拖回过去。哼，她可不会就范。她完全可以不理会那只爪子。她可以告诉快递公司：取消订单。她可以告诉他女儿：太麻烦了，跟雅布隆斯卡太太叽里呱啦讲一堆俄语，她又听不懂。所以你直接让人清理你父亲的公寓吧，把东西都卖了，都处理了。她可以告诉坟里那个人：你控制不了我，你已经死了。死对你来说或许是新体验，但你会习惯。发现自己死了，然后还被人忘了，并不是什么稀奇罕见的命运。

6

她又拨通了他女儿埃娃的电话。"我联系了一家快递公司，他们说可以去取箱子。这个不成问题。问题是雅布隆斯卡太太。她老不接电话。可能是出什么事了——我也不知道。其他人能把箱子给快递员吗？"

"Agentur[①]（代理处）可以，公寓委托给他们卖了，他们有钥匙。你可以打电话给 Agentur，解释一下，行吗？"

"解释什么啊，埃娃？"她禁不住提高了嗓门。

电话那头的背景里传来一阵喧闹声。"这就来！[②]"埃娃大声道，"我得挂了。过会儿把 Agentur 的电话发给你，然后你跟他们解释。再见。"

解释什么啊？

---

① 此处为德语。
② 原文为德语。

7

那个公寓跟她预想的完全不一样。首先,位置不在华沙市区,而是在远郊。出租车在街边放下她之后,她又穿过了一座停车场和一座游乐场才到达——三个小男孩在游乐场里比赛骑自行车,一只小白狗跟在他们后面一路小跑,一边汪汪叫,一边追着车轮咬。此外,公寓楼本身也毫无特色,跟巴塞罗那工薪阶层住宅区的建筑设计一样单调。明明有那么多地方可以住,他为什么偏偏选这里?

离预约的见面时间还早,她便绕着公寓楼转了转。一个身着黑衣的老太太站在楼上的阳台里,向她投来怀疑的目光。此时已是 10 月份,周围的树木——枫树?——开始纷纷掉叶子了。

她在公寓楼门口见到了代理人:一个身材高大的小伙子,穿着一套不太合身的西装。他握了握她的手,打了个招呼。原来,他也只是粗通英文。

"谢谢您过来,"她说,"你知道吧,我不是要买公寓,就是过来拿样东西。只会占用你一点点时间。"

他动都没动。是没听明白?

"你帮我把门打开。"她做了个拧的动作,意思是钥匙在锁里转。"我拿上箱子,然后我们就走。你就自由了。就这事。行吗?"

"行。"他说。

开门就遇到了问题:贴着"2-30"的钥匙——他给她看了标签,是公寓的门牌号——插不进锁孔里。他无助地耸了耸肩? 他的表情说:我能怎么办?

她拿过钥匙链,试了另一把钥匙。门开了。"这不就开了?"她说。

她走进去,代理人跟在后面。

她本以为会看到红木家具、摇摇欲坠的书架,看到屋里光线昏暗、满是灰尘,角落里还有蜘蛛在爬。但实际上,整个前屋除了一角放着一堆箱子和四把叠放在一起的椅子,别的什么都没有,而且还——因为窗帘已经被撤掉了——洒满了阳光。

她仔细瞧瞧了狭小的厨房,又进卫生间瞅了瞅,里面的塑料浴帘因为年深日久已经成了棕色。

"你确定我们找对公寓了吗?"她问。

代理人又拿出那把钥匙来给她看,就是那把上面贴着"2-30"、插不进锁孔的钥匙。

她突然想到,这一切有可能是恶作剧,心肠歹毒的恶作剧：不仅公寓没找对，连公寓楼都不对，连所在地区都不对，甚至连代理人都不对，而其始作俑者，只能是那位人在柏林的埃娃。那埃娃出于满心的憎恶，故意让她白跑一趟。她是谁，这个比阿特丽兹？不过是我父亲众多女友中的一个罢了。

但她错了。不是恶作剧。第二个房间里乱七八糟地堆满了东西：一张床（单人的），两个抽屉柜，一摞男人的衣服，一个熨衣架（上面放着个花瓶，里面插着一朵塑料向日葵），一面镶在华丽镀金边框里的镜子，一张巨大的卷盖式书桌（上面摆着一台大得有些吓人的打字机）。

还有第三个房间，另有一间厨房和一间浴室与之相连。但这个屋子里没放别的，只有一架钢琴。一面墙上挂着一个相框，里面是张威格莫尔音乐厅独奏会的海报，举办时间写着1991年，宣传照里的波兰人还很年轻，正茫然地看向不远处。钢琴盖上则放着：一张维托尔德年轻时的黑白照，他正从一个身穿长礼服的男人手里接过什么奖；一尊约翰·塞巴斯蒂安·巴赫的石膏半身像；一张维托尔德近期的照片，他正双手紧扣，站在一排女人中间。那几个女人都穿着亮闪闪的晚礼服，她定睛一看，惊讶地发现自己也身在其中。原来是音乐会圈子的那群姐妹，拍摄于2015年，只是里面少了玛加丽塔！她之前从没见过这张照片。他从哪儿弄来的？

"你看！"她指着照片说。

房屋代理人隔着她的肩膀仔细看了看，说："是你。"

"嗯，"她说，"是我。"确实是。一年又一年，她的身影都在这座异国城市的这个阴郁角落里洒下了微弱的光芒，而她自己竟然一无所知。

可那个箱子呢？那个行踪不定的雅布隆斯卡太太给她准备的箱子呢？那个她穿越了半个欧洲大陆来拿的箱子呢？

前屋那些箱子——估计得有 20 个——上面有字迹潦草的标注，但她看不懂。"你能帮个忙吗？"她对那小伙子说，"你能帮我看看这些箱子里有什么吗？"

年轻人脱掉上衣，马上开始翻。"这个……这个……这个——书。都是书。只有这个……这个——没书。"他从那堆纸箱里抱出两个来。她从厨房找来把刀，打开箱子。男人的衣服，一股樟脑味；厨房用具；药品；七零八碎的小玩意儿；就是没有给她的东西。

"你找这个？"代理人递过来一个灰色的小箱子。她看了看上面贴的标签：维托尔德·瓦尔奇凯维奇 19.VII.2019。打开箱子后，里面有个瓷瓮，瓮里是骨灰。

"你在哪儿找到的？"她问。

代理人指了指厨房的一个架子。

"快放回去吧。"

她拨通埃娃的电话,留言说:"埃娃,我正在你父亲的公寓里,代理人跟我在一块儿,但我们没找到雅布隆斯卡太太的箱子。麻烦赶紧回个电话。"

代理人不知该干什么好,便用手指在琴键上滑了一下,又想坐下来,但感觉琴凳的书箱里似乎有什么东西。他从里面拿出一个硬纸档案盒。盒上所贴的标签写有她的名字和蒙波音乐厅的电话。

她打开盒子。一摞纸。一个活页夹。一张她身穿泳装、头戴宽草帽的照片,拍摄于多年前,肯定是他在索列尔时从她家偷拿的。

"就是这个,"她说,"我们要找的就是这个。谢谢,谢谢,真是太感谢了。你可以走了。我再待一会儿,走的时候我会把门锁好。可以吗?"

小伙子似乎有些拿不准。难道他不相信她?她伸出手,对方犹豫了一下才握住:"再次感谢啊。再见。再见[①]。"然后目送他离开。

[①] 原文为波兰语。

8

她翻看了一下那些散页,发现只是两人那些来往邮件的打印稿。她又打开活页夹,里面的东西显然是诗歌,用波兰语创作、打字机录入,每首一页,编号从 I 到 LXXXIV。

所以,这就是维托尔德·W,那位越来越不出名的钢琴家,给她留下的东西:不是音乐,而是什么手稿。所以,他整理这些时应该就住在这儿,住在这座他出生的城市的这片毫无特色的住宅区的这间阴郁的小公寓里。真让人搞不懂。不过或许这就是他眼中的修士隐居所,是他的避世离俗之地吧。

她翻着那些诗,在那些曲里拐弯的字母间寻找自己的名字。找到了好几处,但不是比阿特丽兹,而是比阿特丽斯。因此,这是一本由但丁的无名追随者写成的有关比阿特丽斯的书。

9

她可以把这些东西放回钢琴凳里,让它们被拉到拍卖行。或者可以把这些东西塞进前屋的那个杂物箱,让它们连同食物包装、橘子皮、泡沫塑料一起被葬在波兰乡野某处废地的垃圾堆里。她可以这样做，然后走出去，把门锁好（咔嗒！），打车去机场，正好赶上傍晚途经法兰克福再到巴塞罗那的那次航班，把波兰人和他的比阿特丽斯之书永远地抛在脑后。

也或者，她可以把这些诗带回巴塞罗那，找人翻译出来，再找人用手写印刷体把它们印到布浆纸上，制作十本限量版诗集，书名就叫《比阿特丽兹之书》，作者就写"W.W."。到时候给人在柏林的他的女儿寄去一本，证明她，比阿特丽兹/比阿特丽斯，可不是那种乱来的女人。剩下的几本塞在橱柜里，等自己去世后，让儿子们好好知道一下他们的母亲哪怕到了人老珠黄的岁数，也能激起如此高度、如此深度的爱欲。

可怎么办才好？是把诗带回去，还是留在这儿，丢在这儿，然后忘掉？人都不在了。那位女儿也不在乎。能给出答案的人只有她自己。

10

她必须找但丁的作品读一读，虽然上学时有所了解，但并没有看过。她只熟悉那幅画像,那幅著名画像,但不熟悉他的诗。话说,但丁长得倒是和波兰人不无相似之处,一样的怒容。

你该多笑笑,她曾这么跟波兰人说,你笑起来很好看。你要记得多笑笑,人们才能对你有好感。

11

现在手里拿着他的遗言,她对他也开始有了好感。尽管她自己不喜欢轰轰烈烈、不可救药地表达爱欲——因为这显然与她的个性不符——但这并不意味着她不赞赏别人轰轰烈烈的激情表达。她很开心他并没有忘记她,而且非但没有忘记,还在诗歌里赞美她,他的比阿特丽斯。这可不是什么容易事。试想一下,即使在西班牙语中,要想让文字合辙押韵也得费老大工夫,更何况他用的还是波兰语!

12

她应当和他女儿聊一下。先前在电话里,那女儿听起来很冷漠,不够体谅人,但也许那只是因为她的英语被德语的鬼魂给缠上了。她可以到柏林去，直接到她那家门庭若市的餐厅拜访。你好，埃娃，请允许我介绍一下自己。我叫比阿特丽兹，就是你父亲在巴塞罗那结识的那个女性朋友。你现在要是有空，厨房不需要你的话，能跟我坐下来聊一会儿吗？你可能觉得我是那种见到个有点儿名气的男人就要伸出魔爪，想要把他们的精血全部吸干的狐狸精。但你错了，我真不是那种人。我并没有想博取你父亲的关注，是他主动爱上了我。我本可以把他拒之门外，但我没有，反而尽可能温柔地对待他。所以我留给他的回忆大部分都是开心的回忆。你要是不信，可以自己看看：这些都是他为我写的诗。

13

此时已是下午3点，留给她的时间不多了。如果她今晚想睡在自己的床上，就得赶紧行动。或者等明早再飞回去，今晚就在华沙过夜。她可以把这个公寓暂时当成自己家，在附近转一转，找地方吃点儿东西，品尝一下地道的波兰美食（有些什么？血肠？煮土豆？酸泡菜？），睡觉就睡那个故人的床。现实问题是有（没电、没睡衣），但也不是克服不了。如果那个男人曾为她痛苦过——甚至都为她消得人憔悴了——那她就不能吃点儿苦,作为对他的回报吗?

14

她拨通丈夫的电话,留言说:今晚住在华沙。明天回。

15

骑自行车的几个小男孩已经走了,那条狗也是。她在附近逛了一圈,发现没什么可看的,这儿有的东西家里都能找到。她在一家小卖部(招牌上写着"超市")买了一包杏干、一包饼干、一瓶水。回到公寓后,借着最后一缕天光,她从箱子里找出来一件羊毛衫和一条灯芯绒裤子,准备当睡衣穿。还好水没停,能洗漱一下。

16

她睡着了,但没做梦。她从不做梦。不过,半夜的时候,她醒了一下,感觉屋里好像有人。"维托尔德,是你的话,过来跟我躺着吧。"她对着黑暗的房间轻声说道。但没有动静,没有回答。她又睡着了。

17

第二天一早,她打了一辆出租车,到机场时才上午9点,离飞机起飞还要好久。她便利用这充裕的候机时间先不慌不忙地吃了顿早饭,又去做了按摩和美甲。下午6点,她精力充沛、满面春风地回到了家。

"我收到你的消息了,"她丈夫说,"此行如何?我需要吃醋吗?"

"他人都死了,"她说,"你还吃什么醋?"

"离间夫妻感情啊,"他说,"难道他不算第三者插足?"

"别傻了。我从来都没有爱上他,是他爱上了我,是一厢情愿。仅此而已。"

"那个著名的箱子,你带回来了?里面有什么?"

"有什么?有个误会。我理解错他女儿的意思了,以为是什么私人物品,但其实就是他写的一本讲肖邦的书,而且还是用波兰语写的。说是留给我当作纪念,好用来睹物思人吧。"

"所以你白跑了一趟呗。纯粹浪费时间。"

"也不完全是。至少有机会看了看波兰,或者说波兰的一部分,有机会看到了维托尔德生活过的地方,跟他道了别。"

"他对你很重要吧,是不是?"

"没有,不重要。不是他本身重要,而是人时不时总需要得到一点儿肯定,尤其是女人,需要证据来证明自己依然能给人留下印象。"

"难道我提供不了这种证据?"

"能,你当然能了,但不够啊。"

18

不重要。她在扯谎吗?我从来都没有爱上他,是他爱上了我。确实。这哪句是谎言?

她有不想让丈夫知道的秘密,丈夫也有不想让她知道的秘密。婚姻要美满,伴侣就得尊重对方保有秘密的权利。她的婚姻很美满,马略卡发生的事可以算作她的一个秘密。

她丈夫是个饱经世故的人,知道我们不是情人这个说法能涵盖多少内容,知道其中包括什么、不包括什么。而不包括的一项便是我的心属于他。她的心从未属于过波兰人。

19

那本讲肖邦的书,留给她作为纪念的书,也不是瞎编乱造,而是她在公寓时自己翻箱子找到的,然后带了回来,好对丈夫说:看,他最后送我的礼物。

五

1

她找来一款能把波兰语译成西班牙语的软件,开始仔仔细细地录入 84 首诗的第一首,连一个小点、一条斜线、一处连笔都没放过。但点完按钮之后,翻出来的东西有点儿不知所云。诗里有三个人物:荷马、但丁·阿利吉耶里,以及一个没名没姓的流浪汉,似乎带着一只什么动物——估计是狗——追随着那两人的脚步,出没在那些拥挤的城市中,向路人乞讨。这个乞丐遇到了一位能让他内心感到平静的女子,女子身上还有一块好看的粉色胎记。那之后,他回到自己的出生地华沙,歌颂着为他指明道路的诗人——荷马?但丁?——最终在那里去世。

乞丐显然是波兰人自己，而她，比阿特丽兹，应该就是那个有胎记的女人。可为什么是胎记？她又没胎记。难道是在象征什么？比如是指某种被隐藏的缺点，或许是被衣物遮住了？

她也不求电脑能翻出什么信达雅的译文来，只是想从中找到一个答案：诗的基调是正面的还是负面的，是歌颂的还是责难的？是献给心爱之人的赞美诗？还是恰恰相反，是被甩之人最后再发泄一下内心愤恨的尖酸话？就这么简单的一个问题。可那电脑真是既愚蠢又麻木。

2

从小就跟她比较亲的大儿子托马斯带着老婆孩子过来吃午饭。饭后，她逮着一个跟他单独说话的机会。"你认不认识会说波兰语的人？我有点儿东西需要翻译。"

"波兰语？不认识。你有什么东西要翻译啊？"

"说来话长，托马斯。早些年有个波兰人很喜欢我，最近他去世了，他女儿找到一组他写的诗，居然是写给我的，然后就传过来了。我感觉应该不是什么好诗，可毕竟是他花了心血的东西，要是读都没人读一下，似乎有些可悲。我在电脑上试过,但翻译软件处理不来那么复杂的语言。"

"我打听一下吧。倒是认识一个比克大学的人,他们那儿有个部门专门研究语言教学,也许教职人员里有波兰语专家。我回头问问。他爱你吗?就这个波兰人。他是干什么的?"

"钢琴家,还很有名呢。给德意志留声机公司①录过唱片。我们是在他来音乐会圈子演出时认识的。他当时对我有一些不切实际的幻想,还想叫我跟他私奔,一起去巴西。"

"他想让你放弃一切,跟他私奔?"

"唉,他被我彻底迷住了嘛。我当时倒没当真。可现在又冒出来什么诗,弄得我有些内疚。我感觉自己好像有责任读一下,看看他写了什么。那你帮我打听打听吧。但千万别跟你父亲说啊,事情已经够麻烦了。"

3

次日,托马斯打来电话。很遗憾,比克大学那边没人教

---

① 德意志留声机公司(Deutsche Grammophon Gesellschaft,缩写为DGG或DG):全球著名古典音乐唱片品牌,成立于1898年,总部位于汉堡。该公司见证了整个20世纪古典音乐界及唱片业的发展。

波兰语，他们建议她去波兰领事馆问问。

她在波兰领事馆的网站上找到一份简短的认证译员名单，第一行写着：克拉拉·薇兹·乌拉扎，文学学士（的里雅斯特），高级翻译文凭（米兰）。她打电话过去："我这儿有份波兰语的东西，想找人翻译一下。请问您怎么收费？"

"得看译什么东西。是法律文书吗？"

"是一组诗，总共有84首，但大部分都很短。"

"诗啊？我不是搞文学翻译的，平时翻译的一般都是商业或法律文书。不过您可以发个样章过来，我看看能不能接。"

"我觉得还是亲自拿给您比较好。我不想让这些诗流传出去。"

"我平时在旅行社上班。"她说出了兰布拉大道上一家旅行社的名字，"您可以把样章放那儿。"

"我还是倾向于跟您面聊。要是不方便您可以直说，我再想其他办法。"

4

星期天，她打车来到恩典区，按薇兹女士给的地址找到她。原来，薇兹女士是个头发灰白、胸部丰满的女士，讲一口带意大利口音的卡斯提尔话，而且语速飞快。公寓里非常热，但她还穿着件毛衣。

薇兹女士端来了咖啡和有些甜过头的油酥糕点。"说实话，我以前从没翻译过诗歌，"她说，"希望你的诗不是太现代的那种。"

她，比阿特丽兹，递过去前10首诗的复印件。"作者是我在华沙的一个熟人，现在已经去世了。他不是职业作家，所以我也不太清楚诗的水平怎么样。"

"你的需求是什么？"薇兹女士说，"是想要可以达到出版水平的译文？"

"不是，完全不是。我们——就是他女儿和我——没有把这些诗结集出版的打算。我的首要需求是了解一下这些诗的内容和主题。"

薇兹女士翻了翻那些诗，摇着头说："这些诗我能给你翻译出来，把波兰语翻译成西班牙语，但我没法告诉你'这首诗的主题是这个，意义是那个'，你明白我的意思吗？通常我翻译的都是法律文书、合同这些东西。翻译合同时，我要保证翻译内容的正确性，这是认证译员的职责所在。但是对合同本身的解读，怎么理解里面的内容，不是我的工作——那是律师的职责。不知道我表达清楚没有？总而言之就是：我可以给你翻译诗，但诗的意义得你自己来判断。"

"行。那您怎么收费？"

"正常的资费标准是每小时 75 欧元，我们大家都一样。要用多少小时？你说有 80 首诗是吧，一页一首的话，可能是 10 个小时，可能是 20 个小时，也可能更多，这个真不好说。诗歌对我来说是个新领域。"

"有些诗超过了一页，所以总共加起来可能有一百多页。那您现在能翻译一下第一首诗吗？翻译个大概意思就行，我想了解一下诗的基调。我可以先付您这个小时的费用。"

"第一首诗讲：陌生人一定知道这个男人已经在外游历多年，在许多城市弹奏过竖琴，跟动物说过话。陌生人一定知道这个男人——诗里没提名字——追随着荷马与但丁的步伐，停留在黑暗的森林，跨过了酒红色大海。接下来说的是：他在某个女人的双腿间找到了那朵完美的玫瑰，因此获得了最后的平静。他在华沙，这座他出生和死去的城市，唱着歌，颂扬那个为他带路的女人。"

女人的双腿间。没说到胎记，也没提到狗。"这就完了？"

"这就完了。"

"那您能再翻译一下第二首吗?"

"起头是句引言:'Per entro i mie'disiri, che ti manavano ad amar lo bene.'出自但丁,是古意大利语,大意是你对我的爱指引你去爱至善。诗的正文说:在他还是花花公子的岁数,意思是年轻爱打扮的时候——明白吧?——他喜欢盯着某个女人,但得不到她,没法拥有她。她的脖子裸露在外,她摆动着裙子,大概是这意思。然后所有的欲望,男性欲望,从他的私处往上爬,钻进他的血液和他的——我回头得查一下这个词在西班牙语里怎么讲,是个医学术语——进入他的眼睛。他用眼睛盯着她,通过双眼,拥有了她。然后他去了一个公共集会,选了一个漂亮姑娘作为 biombo 或者 pantalla,这里不太清楚是指什么,应该是某种帘子或纱窗,然后用双眼吞掉远处那个,远处那个女人,名字叫比阿特丽斯,la modesta——这里用的是意大利语,也可能是西班牙语,一样的拼法——意思是谦虚者。说谦虚是她最大的美德,还有优雅和善良。然后他说:我运气不好,我来晚了,我住得太远,我只能在双眼中看到她的样子,就像一只鸟在记忆中拍翅膀。这首很难,比第一首难太多了,得耗点儿工夫才能弄好。"

"谢谢。就像您说的,这首诗很难。我自己也看不太懂。

那我先把钱付了,然后回去再考虑一下——考虑一下是不是所有的诗都要翻译。"

她数出了应付的钱。

"他说的是比阿特丽斯,"薇兹女士说,"不是你,是诗人但丁的女朋友。"

"对,"她说,"诗里的比阿特丽斯已经死了很久很久了,可我还活着呢。再见啊,我想好以后再跟您联系。"

薇兹女士和她互相传递了一个类似心照不宣的微笑。

5

你对我的爱指引你去爱至善。他应该写:我对你的爱指引我去爱至善。要这样写就清楚多了:跟心爱的人分别或者说被迫分别后,他化悲痛为力量,努力让自己变成一个更好的人。

但丁和比阿特丽斯:他用错典故了,被误导了。她不是比阿特丽斯,不是圣人。

可正确的典故又是什么?俄耳甫斯与欧律狄刻?美女与野兽?

6

她又翻出第一首诗。这首诗难住了电脑,可对薇兹女士而言意思却很清楚。Homera i Dantego Alighieri 显然是指荷马跟但丁,idealną różę 应该就是 una rosa ideal,一朵完美的玫瑰。如此说来,wcześniej między nogami jego pani osiągając idealną różę 这句应该就是讲找到了玫瑰,意指通过性爱变得超然物外。可是"在她的双腿之间找到"——这表达得也太粗野了吧!难怪薇兹女士讲到这儿时有些吞吞吐吐。我这是给自己招来了什么麻烦?她心里肯定这么想,后面是不是还有更糟心的东西?

先是雅布隆斯卡太太,接着是在柏林的女儿埃娃,现在是薇兹女士,这圈子可越变越大了。想必雅布隆斯卡太太当初替她这个远在西班牙的神秘女人把手稿收起来的时候,应该偷偷看过一眼,然后也被第一页纸上如此昭然的私密描写吓了一跳。还有埃娃,虽然她说没有,但肯定也看过。难怪她在电话里一副轻蔑的口气!真是太丢人了!太屈辱了!

7

她，比阿特丽兹，来自书香门第。她爷爷在萨拉曼卡大学①念书的时候，曾目睹过一场让他刻骨铭心的公开烧书事件，并斥之为真正的野蛮行径。后来，他当上了法学教授，自己收藏了很多书，去世后把书都留给了大儿子，也就是她大伯费德里科。她爷爷曾经说过，烧书是烧人的前奏，后来这句话慢慢成了家族传说的一部分。爷爷去世时，她才5岁，所以只记得他是个矮胖老头，拄着一根象牙柄拐杖，胡子很扎人。

可烧信跟烧书不一样。一周七天，每天都有人在烧信。烧的原因或许是信已经没有继续留着的必要了，或许是里面有让人尴尬的内容，比如青梅竹马写的情书。日记差不多也是类似情况。但波兰人的84首诗既不是信（除了在某种罕见意义上），也不是日记（除了在某种意义上），而是手稿。或者换言之，是书的胚胎。所以，烧他的这些诗更像是烧书，而非烧信。但问题来了，烧诗算是一种野蛮行径，算是烧人的前奏吗？

---

① 萨拉曼卡大学：创立于1218年，是西班牙最古老的公立大学，也是世界上历史最悠久的几所高等学府之一，是欧洲的重要学术中心之一。

答案很难说显而易见。在西班牙，波兰人是无名小卒，没人关心他的风流史。可在波兰，他不是无名小卒。在波兰，也许有人会感兴趣，甚或带着一定程度的自豪感，想了解一下这位波兰国宝级作曲家的著名演绎者，会如何讲述他在女人双腿之间度过的时光。烧掉他的诗，对于波兰人而言，很可能就算野蛮行径。文明的做法应该是把诗归还给波兰，交到肖邦博物馆或者国立爱国图书馆，作为手稿供他们收藏。但归还的时候要匿名，要抹去一切与她有关的痕迹，以防现在或者将来会有人找上门来，拍着门问："比阿特丽斯的原型是你吗？你就是那个巴塞罗那的女人吧？维托尔德·瓦尔奇凯维奇就是在你的双腿中间顿悟的吧？"

8

她来回琢磨了好几天：是应该烧掉那些诗，还是委托薇兹女士翻译出来（价格不菲呢）。要是选后者，那她有没有做好阅读薇兹女士的译文时，可能会让自己遭受痛苦和羞辱的思想准备？

她来回琢磨这个问题，到最后实在琢磨不出什么了，才摇摇头，转而把注意力放到别的事上。那个夹着84首诗的活页夹，被塞进了她办公桌最下面的抽屉里。

然而，哪怕进了最下面的抽屉，那些诗也拒绝被人遗忘，像慢火一样在里面燃烧着。

波兰人写诗是为了告诉她，在马略卡短暂的相处过去很久之后，他也依然爱着她。可他写一封短信寄过来，也能达到同样的效果啊："我最亲爱的比阿特丽兹，我在弥留之际写信给你，是想让你知道我爱你爱到了生命的最后。你忠实的仆人，维托尔德。"所以，为什么要写诗？还一写就写这么多？

答案只可能是：因为他不仅想要说出他的爱，还想证明给她看，而证明的方式就是花很长很长时间为她做一件本质上毫无意义的事。可即便如此，为什么非要写诗呢？如果长时间的无意义付出是执行标准的话，为什么不找一粒大米，把"登山宝训①"刻在上面，装在一个高级小盒里寄给她呢？

答案是：因为他希望自己到另一个世界之后还能继续跟她交流。他想跟她倾诉，向她求爱，好让她也能爱他，让他永远活在她心里。

---

① 登山宝训（Sermon on the Mount）：耶稣的训诲性言论集，载于《马太福音》第五至第七章，传说为耶稣登山时所说的话，内容涉及伦理、道德和信仰，历来被认为是基督徒言行的准则。

爱有好的，也有不好的。她办公桌最下面抽屉里的那份在女人的双腿间日夜燃烧的爱，是好的还是不好的？

年轻时，她会凭一时冲动行事。她相信自己的那些冲动，所以才听从它们的指引。但如今，她已经审慎许多，而目前最审慎的做法——毫无疑问——便是离那团火远一点儿，等到火自己烧灭了，要是她还觉得好奇，或许可以扒拉一下灰烬，看看里面有什么。

9

在马略卡的某晚，他跟她睡在一起时，曾把它称为她的玫瑰。这个称呼在当时听起来很假，如今在他的诗里听着也很假。其实不是玫瑰，什么花都不是。可到底是什么？

她想起了儿子们的成长过程，以及那期间他们对女孩子没完没了的好奇心。如果女孩子没有它，那她们有什么？它不可能什么都不是，但如果不是什么都不是，那又能是什么？好奇，也恐怖。他们俩在浴缸里互相往对方身上扑棱水，笑哈哈、闹哄哄、兴冲冲。它是什么，妈妈！它：是叫这个吧？

它：正是从这里，他们带着满身的鲜血和黏液，进入了充满噪声和强光的世界。难怪他们会哇哇大哭——受不了！受不了！——难怪他们哭着闹着要爬回去，想要蜷在熟悉的老窝里，吮吸着大拇指，安静地打盹儿。而现在，那个波兰人，一个大男人——很大啊！——也是跟婴儿一样，离开她的身体、她的床之后，竟然一样困惑，一样害怕。它：不是玫瑰的玫瑰。

10

吹牛。男人们以此来抵御困惑。她那两个儿子，如今都已长大成人，都懂些人情世故了，但说不定也是如此，谁知道呢。我得到了她，那个巴塞罗那的聪明女人。我把她紧紧搂在怀里，我揉皱了她的玫瑰。男人和女人之间的战争，一场原始且无止境的战争。我得到了她，她是我的了，快来读读看啊。

她伤害了他，伤了他的自尊。受辱之后，他的所有努力都是为了保护自己，不停地分泌珍珠质，一层又一层盖在伤口上。她请他上了自己的床，然后又把他撵了出去。而他的复仇方式便是将她定格、美化，变成一件艺术品，变成圣徒比阿特丽斯，一尊供人敬仰的石膏像，被巡游队伍抬着走街串巷。仁慈的圣母。

11

可如果他写诗是为了报复她,那第十首诗的题词为什么选了奥克塔维奥·帕斯①的话?而且引的还是英文?爱之悖论:我们同时爱着速朽之身与不朽之魂。若无身之吸引,爱者无法爱魂。于爱者,所欲之身即为魂。难道这也是维托尔德自己的故事:通过爱她的身体,慢慢爱上了她的灵魂?行吧。可这并不能回答如下问题:为什么是她的身体,为什么是她的灵魂?

或者退一步,说说比阿特丽斯,真正的比阿特丽斯。她身上有什么好,能让但丁在众多女人中选择了她?或者再退一步,说说玛利亚。满是恩典的玛利亚身上又有什么好,能让上帝决定摸黑去找她?是嘴唇的弧度,是眉毛的弯度,是臀部的曲度?在2015年那个命中注定的夜晚,到底是在哪一刻,她,比阿特丽兹,一个只是负责带领来访的独奏钢琴家去吃晚饭的女人,成了他的命定之人?她身上有什么好,

---

① 奥克塔维奥·帕斯(Octavio Paz,1914—1998):墨西哥诗人、散文家,1990年诺贝尔文学奖得主。

能让她最终中选？那晚她身上有什么神圣之处？现在又有什么神圣之处？

12

波兰来电，从天而降。夫人，您会说法语吗？[①]是雅布隆斯卡太太，听起来比她想象的要更年轻、更有活力。非常抱歉，先前没顾上回电，家里突然出了点儿急事，她不得不赶回罗兹[②]，事实上，她现在还在罗兹呢。非常抱歉没能给她开门，非常抱歉错过了她的来访，她拿到维托尔德留给她的所有东西了吧？亲爱的维托尔德，真让人怀念。还有埃娃，好忙啊，现在还得隔着大老远处理各种事：太不方便了，真让人同情！

她，比阿特丽兹，现在哪里有心情听别人用一种她不太熟悉的语言叽里呱啦半天啊。拜托您能说慢点儿吗？[③]但有些事她还是想知道，而且只有这个波兰邻居能告诉她。比如，那间她在波兰独自住过一晚的公寓，（如果她的经历算

---

① 原文为法语。
② 罗兹（Łódź）：波兰第三大城市，罗兹省首府，位于波兰中部。
③ 原文为法语。

数)那间依然被原房主的灵魂侵扰的公寓,后来怎么样了?比如,除了那些诗,她,雅布隆斯卡太太,那里还有什么是他留给她,比阿特丽兹,那个巴塞罗那的女士的东西吗?比如(如果她能鼓起勇气问的话),维托尔德的故去真令人惋惜,但他有没有给她看过他的诗,尤其是第一首,拿玫瑰一词来作隐喻的那首?

您肯定知道,雅布隆斯卡太太接着道,维托尔德在这栋楼里有两间公寓,不是一间,两间相邻的公寓,然后装了扇连通门,那会儿应该是 20 世纪 90 年代,什么都很便宜,但很不幸,弄这些的时候没有正规文书,那年头的施工人员做事又 à l'arabe,所以他的公寓现在事实上讲是两间,有两个地址,所以没把相关文件搞定之前,房子也没法卖。可埃娃,可怜的埃娃,只能在德国处理这些事,叫人开着卡车过来把东西都清理干净了,家具、书之类的,还有维托尔德的钢琴,所以这会儿公寓里已经空了,但又没法放到市场上去卖,太可悲了。

À l'arabe:这是什么意思?难道是她听错了?

"不好意思,我打断一下,"她说,"维托尔德有没有碰巧说过我的事?"

良久的沉默。聊到这会儿,她才第一次想到,或许突然去罗兹的事是杜撰的,雅布隆斯卡太太可能根本不是她脑海中想象的那样,是个干瘪、守寡、一身黑衣的波兰小老太太,而维托尔德的邻居可能本身就是一种委婉说法,跟两间公寓装了连通门那件事不无关系。

"要是他什么都没说,也无所谓,"她打破沉默,"多谢您联系我,感谢您的好意。"

"等一下,"雅布隆斯卡太太说,"您难道就没什么别的话想问?"

"关于维托尔德?没了,夫人,我想不出来还能问什么,该知道的我都知道了。"

13

没什么别的话想问?那女人到底想跟她说什么?可怜的维托尔德受了多少苦?他怎么面对死亡的?不,有些事,她觉得还是少知道为妙。

要是扒开这个口子,谁知道会有什么东西涌出来?

14

她打电话给薇兹女士。"我想好了,您把诗从头到尾都翻译了吧。我回头让快递员把全部的诗都送到旅行社,收件人就写您,并且会注明是私人件。我不希望别人看到这些诗。这件事能放心交给您吧?"

"您放心,译诗虽然不是我的强项,但我一定会尽力。要不您先付一下定金?"

"我开个支票,到时候放稿件里一起快递过去。您觉得500欧元行吗?"

"500欧元没问题。"

15

一周之后,薇兹女士发来信息,说诗都译完了,费用总共是1500欧元。

那我今晚抽空过去拿,她回复说。

开门的是个小伙子。"您好,您是来取诗的吧?快请进。我叫纳坦。我妈妈这会儿没在家,不过应该快回来了。先请坐。您想看一下诗吗?"他拿来厚厚一摞稿子:她的那些复印稿，以及工整的西班牙语译文打印稿。她瞅了瞅头一首诗，某个女人的双腿间仍旧赫然在目。

"我时不时会帮她弄一下，"纳坦说，"译诗不是我妈妈的强项。"

"你也会说波兰语啊？"

"那倒不是。但我读过不少波兰诗歌。诗歌在波兰是一种病，人人都得的病。您这位诗人——叫什么名字？"

"瓦尔奇凯维奇。维托尔德·瓦尔奇凯维奇，前不久刚去世。你去过波兰吗？"

"波兰是坨屎。谁想去那鬼地方？以前就很烂，现在更烂。"

这时她才意识到，克拉拉和儿子都是犹太人，有非常正当和充分的理由不喜欢波兰。

"瓦尔奇凯维奇。"他念起这个姓氏来跟波兰人一样，比她讲得标准多了——尽管姓氏所有者曾在她双腿间停留过——"他这些诗写得不怎么样，对吧？"

"写诗不是他的老本行。他实际上是音乐家。钢琴家，以演绎肖邦作品闻名。"

"这些诗总体上很一般，但有几首还不错。内容跟您有关吧？"

她没吭声。

"他是爱上您了,我敢说。可他既然知道您不懂波兰语,为什么不直接翻译过来呢?"

"波兰语是他的母语。写诗只能用母语写,反正我是这么被教导的。但也或许,我读不读得懂对他来说并不重要。重要的或许是他能以此来表达自己。"

"也许吧。这些诗最让我喜欢的地方,是它们不像其他人的诗那样枯燥无味、冷嘲热讽。你知道齐普里安·诺尔维德①吗?不知道啊?那你真该读读他的诗。瓦尔奇凯维奇跟齐普里安·诺尔维德一样,只不过不在一个水平上。他最好的一首——您应该会有同感——说的是他潜到海底,发现了一尊大理石雕像,意识到那是阿芙洛狄忒②,就是那位女神,然后女神两只画出来的大眼睛对他视若无睹,仿佛目光直接穿过他,看向了别处。很诡异。我好像在哪儿读到过,说是地中海里到处能找到古代沉船散落的物品——钱币、塑像、陶器、酒罐这些。我哪天得去希腊的海岸潜个水——说不定

---

① 齐普里安·诺尔维德(Cyprian Norwid,1821—1883):波兰诗人,被认为是现代波兰诗歌之父,小说、戏剧、素描大师。
② 阿芙洛狄忒(Aphroditē):希腊神话中爱与美的女神。罗马神话中称"维纳斯"。掌管人类爱情、婚姻和生育以至一切动植物的生长繁殖,生于海中,以美丽著称。

也能走运。"

"维托尔德不走运。"

小伙子奇怪地看着她。

"我是说他不是那种幸运的人。要是他去潜水,肯定找不到什么女神。要么是空手而归,要么葬身海底。他就是这样的人。你是学什么专业的?"

"经济学。不适合我,我妈也这么说。但这年头不得不学,学了这个才能飞黄腾达。"

"我有两个儿子,比你大一些,虽然没念经济学,但过得也挺不错,都活出了成功的人生。"

"他们学的什么?"

"一个是生物化学,一个是工程学。"

关于儿子们,她其实还有很多话可以说,很多很多,但她没有再说。他们早早就为各自的人生负起了责任,就好像他们的人生是商业公司,需要果断而英明地管理一样,所以她很为儿子们骄傲。两个儿子都随了父亲,都没随她。

"这些诗您打算怎么办?"小伙子问,"要出版吗?"

"没想过。要是写得不太好,就像你说的——而且我觉得你说得很对——那谁愿意买啊?所以,我没有出版的打算,但维托尔德过世前,我确实跟他保证过我会好好料理这些诗,照顾好它们——我也不知道怎么说好了。"

克拉拉·薇兹回来了,怀里抱着一堆包裹。"抱歉,我回来晚了。纳坦把诗拿给您了吧?希望您会喜欢。开始翻译之后,其实没有我想象的那么困难。这个瓦尔奇凯维奇真是个有意思的人。我上网搜了一下他,如您所言,是位钢琴家,不过他有没有跟您说过他年轻的时候,20 世纪 60 年代吧,曾经出版过一本诗集?我们称之为 *publikacja ulotna*,转瞬即逝的出版物或者昙花一现的出版物。他那会儿不太受当局待见。"

"我不太了解他的早年生活。他不是个很健谈的人。"

"嗯,懂波兰语的话,这些在波兰语维基百科上全能找到。"

"我给您开张支票。1500 欧元,再减去定金,对吧?"

"是的,还差 1000 欧元。我把手写的笔记也翻译了一下,并且单独整理成页了。您到时候就看见了。"

"噢,我还以为那些手写内容是诗的一部分——修改、增删之类的文字。"

"不是,我觉得不是。不过这个您自己定夺。"

她告辞离开。他们,她和薇兹母子,以后再也不会相见。如释重负。他们知道太多她的事了。可话说回来,他们知道的那些又算什么？知道她跟某个男人有过外遇？这种事天天有。知道那个男人为她心碎，为她赋诗？这种也常有，虽然不是天天有。不，真正让她感到丢脸的地方，是克拉拉·薇兹尽管对她而言无足轻重，对维托尔德来说也无足轻重，但却有机会走进并了解维托尔德的灵魂，诗虽然是为她写的，但克拉拉对维托尔德的了解要远胜于她，因为波兰语中一定有些语气变化、言外之意以及微妙、精妙之处，是译文永远都无法传递的。克拉拉·薇兹不费吹灰之力，就成了波兰人的第一个、也是最好的一个读者，她儿子纳坦紧随其后，而她自己只能亦步亦趋地跟在后面，屈居第三。

16

她从头至尾迅速浏览了一遍克拉拉的工作成果。译文清晰流畅，但有些诗不是很好懂，好在读到最后，她最在意的那个问题终于有了答案：这些诗不是报复行为，完全不是，而是最广义上的爱的记录。

她重新读了读最后面的几首。诗句中反复出现了"来世"和"下辈子"这类字眼，应该是波兰人行将就木时写下的。或许他是想说服自己死亡并非一切的终点吧。

她试着想象了一下他认为什么样的"机械降神"能将他带离现在这个充满失去和痛苦的世界,然后安置到下一个世界里。在她看来,这个转运过程多少会在一瞬间神奇地完成。他抵达来世时,会是一个成熟的成年人,带着成年人的所有记忆与渴求,开始为她——也就是他的比阿特丽斯——抵达来世、同他喜结良缘的那一天做准备。她打了个寒战。他迫不及待想再跟她见面,可她愿意再和他见面吗?事实是,他女儿打来电话告知他的死讯时,她已经把他忘得差不多了,或者说至少已经把他移进"不再活跃桶"里了。

哀悼是一个自然过程。这个星球上的所有民族都有自己的哀悼仪式。连大象也有。她,比阿特丽兹,幼年失恃,给她的人生留下了一个巨大的豁口。她悲痛过,哀悼过,想念过母亲。然后到了某个时间点,哀悼结束了,她继续生活。但波兰人似乎无法继续。失去她后,他为此伤感又伤感,痛惜再痛惜,仿佛一个母亲抱着已经死去的孩子不肯撒手。

他说他期待和她在来世团聚,可这到底是什么意思?独坐在华沙阴郁的公寓里,他肯定在某些时刻想到了自己再也不可能与她相见。而为了让现实中失去她的痛苦好忍受一些,他拼尽了最后一口气来召唤、创造、唤醒了一个新的比阿特丽兹,一个有所美化但本质上还是她的版本,而这个比阿特丽兹非但没有把他赶走,没有——甚至更糟糕——忘掉他,反而还通过神秘、超凡的手段敦促他在天国把家准备好,迎接她的到来。

除了比喻意义上的来世,她并不相信人死后还能继续存在。等她死了,孩子们会纪念她,会或深情或不那么深情地缅怀她,也许还会在心理分析师面前把她批得体无完肤(她是个好妈妈吗?她是个坏妈妈吗?)。只要他们继续这样做,她便能享受一种忽隐忽现的存在。但随着他们这一代的故去,她会被扔进尘封的档案中,永远无法再见天日。这就是她的看法,她成熟、理智的看法。而且她相信波兰人也会承认,当他没有沉迷在音乐和诗歌中的时候,其实也认同她的看法——他并不是真的相信他俩死后还能有另一种生命,能去另一个世界,在那里团聚,然后享受前世因机缘不巧而未曾拥有过的幸福。

既然在生命最后几个月里,他那么坚信自己会同她再续前缘,为什么还要写这些诗,还要转交给她呢?而且为什么在诗里闭口不提任何来世理论所伴随的问题呢?比如,心爱的人到来时,难道不会有一堆配偶和情人簇拥着,难道他们不会盼着能在天国与她形影不离、同床共枕?难道天国里没有忌妒?没有无聊?没有饥饿?没有大肠运动?那衣服有没有？大家是不是都得穿那种长及脚踝、没有形状的罩衫？还有内衣——是允许带一点点蕾丝花边呢，还是一切都得非常朴素、非常禁欲？

天国：一间巨大的候见室，里面到处都是灵魂，全穿着统一的罩衫转来转去，焦急地寻找着各自的另一半。

17

当然，要说他回避外貌的问题，也不完全准确。在几首讲死后的诗里，有一首提到了他和她会赤裸相见，并且坦承在现实世界里——应该是指马略卡——他感到羞愧，因为他在这份爱情里能提供的东西唯有他又衰老又丑陋的男性躯体。

18

她为什么对他这么苛刻？为什么总是拿着手术刀剖解他的诗歌遗产？答案是：她原本有更高的期待。虽然不太愿意承认，但她本希望这个爱过她的男人会利用他的爱，利用这份能量、这份爱欲，把她塑造得更鲜活，而不是像他在诗里最终呈现的那样。是她的虚荣心在作祟吗？也许是吧。但波兰人以真正传统意义上的艺术家自居，是艺术大师，可真正传统意义上的大师（但丁！）就该赋予她一种真实可信的新生命，一种让她无法轻易取笑的新生命啊。于爱者，所欲之身即为魂。波兰人爱她的身体。波兰人爱她的灵魂（反正他是这么说的）。可她怎么没在诗里看到身体变成灵魂？

薇兹女士的儿子认为这些诗很差劲，她也基本同意。波兰人是不是也发现自己的诗很差劲？但即使发现了，还是要继续胡写乱画，让自己有事可忙，这样就顾不上注意到死神正悄悄向他走来了？

把他这个可悲的计划，这个想要复活、美化一段基础从未夯实的爱情的计划，全摊在她的书桌上后，她突然觉得非常懊恼，同时又觉得他可怜至极。一幅画面越来越清晰地浮现在她眼前：在那间丑陋不堪的公寓里，风烛残年的波兰人正俯在打字机前，用一种他根本不熟练的艺术形式，试图为他的爱之梦注入生命力。

我当初就不该给他希望，她心想，当初就该把整件事消灭在萌芽状态。但我也没料到事情会朝这个方向发展，我也没料到最后的结局会是这样。

她把译稿放回了活页夹。除了她自己，还有谁想读这玩意儿？如此坚忍地辛苦付出，如此费力地将一块砖砌到另一块上，如此白白忙活一场。这世界上甚至都没有一个烂诗博物馆，可以把他这些诗，以及那些跟他一样没有生花妙笔的男人炮制出来的枯燥无味的废话都藏起来。可怜的老头子！她心想，可怜的老家伙！

19

他有没有想过他俩或许根本无法在来世团聚？但原因不是来世不存在，而是命运会把他打入地下那个领域，而她则会高高飘浮在天堂里，永世都不可企及？

20

或者正好相反？

六

亲爱的维托尔德：

谢谢你的诗集。你都想不到这些诗绕了多少远路，才最终以一种我能读懂的面貌出现在我面前。

译者的儿子纳坦，一个有些莽撞但还不错的小伙，跟我说他最喜欢阿芙洛狄忒那首，就是讲你潜到海底，遇到了阿芙洛狄忒的大理石塑像那首。

如果你是意在用阿芙洛狄忒代表我，或者想说我就是阿芙洛狄忒，那你错了。我不是那位女神。事实上，我什么女神都不是。

同样，我也不是比阿特丽斯。

你抱怨说水下的阿芙洛狄忒目光直直穿过你，根本没注意到你。可我自己觉得我看你看得很清楚啊——看到了你是什么样的，并且接受了那样的你。但或许你想要的更多吧，或许你是想让我在你身上看到神的存在,而我却没有看到。抱歉。

你有一首诗特别触动我,说的是你小时候听母亲讲生理结构。我承认,认识你那么久,我从来没想过你也曾是个小男孩,而是一直把你当成一个理性的成年人,并且期望你也以同样的方式来对我。这或许是我们犯的另一个错。如果当时我们能卸下成年人的面具,像小孩子对小孩子那样对待彼此,或许能做得更好。但话说回来,变成小孩子也不是像看起来那么容易。

你那时跟我提过一两个建议,让我觉得很不舒服——比如要我跟你一起去巴西——但你从来没有真正追求过我,到最后也没诱惑我。完全没有诱惑过,我想你也会赞同这个说法。

我其实很希望被追求,很希望被诱惑,很希望听到男人想跟女人上床时才会说的那些甜言蜜语或者花言巧语。为什么?我不知道,也不想知道。女人特有的渴望吧,可以原谅。

还有,我叫你离开,叫你回巴尔德莫萨时,你为什么那么听话?为什么不用恳求向我发起轰炸?没你我活不下去!——你为什么从来没说过这种话?

做戏啊，维托尔德，你从没听过什么是做戏吗？听听肖邦，听听他的叙事曲。忘掉你自己那些微不足道的严格解读，变通一下，竖起你的耳朵，好好听听那些真正的肖邦演绎者，那些深深沉醉在他音乐的戏剧性当中，并不介意时不时弹错一个音的狂热爱好者吧。

还有，你知道自己快不行的时候，为什么不写信或打电话给我？多容易的事——比写诗容易得多得多吧。你的邻居说最后那几年你什么都不干，就在那儿埋头写诗，说你连音乐都放弃了。为什么啊？你失去信仰了吗？

你要是但丁的话，那我还能以你的灵感之源、你的缪斯女神的身份名垂千古。可你不是但丁，证据就摆在我们眼前，你不是什么伟大的诗人。没人会想看这些讲你多爱我的诗，而且——慎重考虑之后——我也很高兴没人会想，既高兴又宽慰。我从没要求谁来写写我，没要求过你，也没要求过其他人。

对了，以防你忘记，我前面提到的诗是这首，但现在披上了西语译文的新装（不押韵）。

诗二十[1]

"那你也有吗?"母亲给我洗完澡擦身时
我这样问她。
"没有,"母亲说,"我是女人,
是为接受而生,
而你,我的小男子汉,
是为给予而生。
你的小丁丁要用来给予——永远别忘记这一点。"
"给予什么,妈妈?"
"给予快乐,给予光明,给予种子,
这样新庄稼才会
一次又一次
一季又一季
破土而出。"

给予种子——这是什么意思?
我只是隐约能看见

---

[1] 该诗的断行及标点遵从原文译出。

至于光明

则完全没看见

直到比阿特丽斯出现

用她的光照亮了我的路。

可我进入她的身体

进入集所有女人之最的身体

进入女神的身体时

给了她什么?

死掉的种子或者根本没有种子

没有快乐

没有光明

要有勇气,妈妈说。

就像大蛇吞下自己的尾巴

时间永无尽头。

总会有全新的时间

全新的生活

una vita nuova[①]。

但现在

我的小王子

该上床睡觉了。

这首诗挺好，我想你也会同意。

你的比阿特丽兹

亲爱的维托尔德：

这是第二封信。别担心，不会有多少封。我可不想把你变成我的密友，我的幻侣，我的幻肢。

首先，我要为昨天的那通瞎嚷嚷向你道歉。我也不知道自己抽了什么风。你或许不是但丁，可你的诗对我而言很重要。谢谢你的诗。

这次写信给你是想说，希望你最后没有太痛苦。我去华沙时，在你的公寓里找到了你的骨灰瓮。要么是你女儿忘了拿走，要么就是她回柏林后骨灰才送来。希望你别介意我这么说，但如此随意处置你的骨灰，哪怕是以现代人的标准来

[①] 意大利语。意思为"全新的生活"。

看，我也觉得有些不负责任。华沙怎么着也有英雄公墓吧，好歹也得把你安葬在这种地方才合适。

你女儿、你朋友雅布隆斯卡太太——她上次联系我时还在罗兹探亲——嘴都很严，没说你是怎么去世的。

我之所以提起这一点，是因为倒数第二首诗，也就是第83首的空白处有些手写笔记。我本以为那是诗的一部分，但译者觉得不是，说放在哪儿都不合适，而且既不是波兰语，也不是意大利语，而是英语。她称其为"额外的诗意"。我说的是这几个字："救救我，我的比阿特丽斯。"

如果这是诗的一部分，"比阿特丽斯"是指你从你的朋友、导师但丁那儿借用的那位天国领路人，那行，我不再多说。但如果比阿特丽斯是我，如果你写下这几个字的时候，是在求我来拯救你——把你从死亡边缘救回来——那我得告诉你：首先，不管你用的是心灵感应还是什么别的方式，反正这条消息没传到我这儿；其次，即使传过来了，我大概率也没法去。就像我没法跟你跑到巴西一样，我也没法跑到华沙找你。我是喜欢（就用这两个字吧）你，但也没有喜欢到能为你放弃一切，没到这种不切实际的程度。你爱我——这一点我毫不怀疑——爱从本质上来说就要不切实际，但我这个人，我的感受要更朦胧、更复杂一些。

在你无力还口的情况下说这种话，似乎有些冷酷无情，但请相信这不是我的本意。你背后有一座浪漫爱情的哲学理论大厦在嘎吱作响，你可以把我安排进去，让我成为你的女主人和拯救者。可我没有这样的资源，我唯一拥有的就是一种还算可取的怀疑态度，怀疑那些会压垮、摧毁众生的思想体系。

我们可以坦诚相见了——是不是？——毕竟你已经死了。我们继续假装还有什么意义呢？让我们努力做到坦诚但不残酷吧。

所以，本着坦诚的精神，我不想假装喜欢你的第一首诗，以及你对我们肉体关系的粗俗描写。我怀疑你女儿也看过那首，所以她对我的态度受到了影响——她似乎把我当成你的姘头了。

第二首诗我也不怎么喜欢。一般来说，我不喜欢男人盯着女人看，不觉得被凝视是一种诱惑——根本不是。还有chyme[①]是什么？字典里说是食物经过消化后形成的半流体，但用在诗里是要表达什么？

[①] "chyme"是薇兹女士翻译出的词。意思为"食糜"。

诗二[1]

他那时最渴望的是看着她,

现在是老朽的他,那时还是小伙子。

因为他无法拥有她

(裸露的脖子,摆动的裙子,难以置信)

所以全部的情欲便从他下体往上升,

穿过血液,穿过食糜升上去,

弥漫到他鲜活的凝视中。

盯着她,就是他拥有她的方式。

在公共集会上,他会随机选一个漂亮姑娘

再将视线对准她,似乎是在向她眉目传情

(他称她为纱窗)

但实际上却是在贪婪地盯着更远处那一个,

他的比阿特丽斯

他的猎物

la modesta[2],谦卑的女人。

(谦虚是她最大的美德:

---

[1] 该诗的断行及标点遵从原文译出。
[2] 此处为西班牙语。意思为"谦卑的女人"。

谦虚、优雅、善良。)

至于我,我有命无运,

我来得太晚,住得太远,

只能闭上双目回味她的身影

可怜的小东西在回忆的密室中飞来飘去。

我觉得这首诗很难——对我来说很难懂。但愿译文译出了诗的神韵,不过到底好不好,还是你最适合评判。对了,译者之前没翻译过诗。

La modesta. 谢谢你这么说。谢谢你能如此高看我。我会努力无愧于你的评价。

时间不早了。晚安吧,我的王子——该上床睡觉了。好好休息,做个好梦。

你的比阿特丽兹

又及:我会再写信的。

导读

垂死的浪漫

黄昱宁

一

如果只能贴一张标签，那么《波兰人》是一个爱情故事。但是，显然，它很难套进经典的欲望结构。没有惊鸿一瞥式的偶遇，也没有飞蛾扑火般的豪赌——这个故事里的女人，甚至在进入故事之前，就已经预估过风险成本。

男人是个波兰钢琴家，但不是那种当红的、单凭一个名字就能罩上一顶光环的钢琴家。作者让我们做了一道没有答案的数学题，他几次提到波兰人生于1943年。但对于波兰人当时的岁数，一次说是70岁，另一次说是72岁。总之，我们可以推算，这个故事发生在2013年或者2015年，当时波兰人收到来自巴塞罗那的邀请。那是一群"上了岁数、品位保守的有钱人"组成的"音乐会圈子",数十年来坚持张罗一系列"向公众开放,票价高昂"的演奏会。对于时间、地点和费用,波兰人答应得很干脆。可见,他的生活,哪怕曾经与密集的日程表、倨傲的经纪人以及亢奋的掌声有过一点点关系,如今也已经跟它们渐行渐远。

女人是巴塞罗那某银行家的太太,比波兰人年轻20多岁,从表面上看起来是那种对人生心满意足,平时忙着做慈善的女人。她是"音乐会圈子"的成员,因此被临时分派了接待钢琴家的任务。她并不乐意去,对波兰人的偏见里带着毫无来由的戒备:"要怎么招待一个到陌生城市短暂访问的男人呢?他都那把岁数了,想必不会期待性爱,但肯定希望被讨好奉承,甚至被撩拨挑逗。"女人用来说服自己泰然处之的是某种道德优越感,因为"调情这门技术她从来都不屑钻研"。她相信自己将会是安全的,她相信面对一个来自陌生国度的老男人,自己会始终掌握主控权。后面的故事似乎也在某种程度上验证了她的预感。

自始至终,男人与女人的关系从未平衡。也许,在女人看来(整部小说主要是透过她的视角来叙述的),她一直在履行一个女主人的职责。比如,在气氛并不热络的会面中努力缓解尴尬,在一周后收到男人寄来的唱片时一笑置之

("她信誓旦旦地想着要找时间听听波兰人的CD，但之后便忘了")。男人打着到音乐学院来开班授课的名义追到了西班牙，而女人还在冷静地自言自语：

这是一个走到职业生涯尽头的男人，因生活所需或环境所迫，不得不接受一份曾经对他而言有失身份的工作；又因为寂寞难耐，便想勾引那个曾与他有过一面之缘的女人。要是有所回应，那她成什么人了？或者更确切地说，他认为她会有所回应，那他把她当什么人了？

这份冷静一直保持到她拒绝跟他去巴西度假。他发来长长的邮件，她也只是扫一眼，甚至顺手删去。类似的拒绝，被耐心而平实地叙述，以至于，我们很难觉察到细微的变化正在发生。是从什么时候开始，女人对这个男人的定义里用上了"愚蠢"和"荒唐"这样情绪化的字眼？又是从什么时候起，女人不再絮絮叨叨地解释自己的行为动机？

我们接下来看到了一连串果断的动作：女人主动安排了马略卡的约会，于是男人赶过来。他们散步、吃饭、看风景、聊天，有一搭没一搭地在各自经历的大段空白处填上一点、两点。上床成了水到渠成的事。女人觉得那并不意味着自己在失控。对她而言，这是一段略微刺激的假期，也许是某种迟来的报复——针对她那个早就将出轨常态化的丈夫，抑或，归根结底，这只是对一个年逾古稀的艺术家的同情与补偿？偶尔，女人也乐于享受著名的"男性凝视"，并且为她"反客为主"的自觉意识而暗暗得意：

"她为什么跟他在一起？为什么把他带这儿来？到底觉得他哪里符合自己的心意？答案是：他对她的喜爱之情实在一目了然。只要她一走进房间，他通常哭丧的脸便会瞬间露出喜色。凝视她的目光中有一定量的男性欲望，但最终会变成一种倾慕、倾倒的眼神，仿佛他不敢相信自己的好运气。把自己主动交给他的凝视，让她很快乐。"

这段关系很快终结，没有拖泥带水。2019年（又是一道数学题，这应该是他们分手的三五年之后），当女人再度收到关于男人的消息时，男人已经因病去世。他留下一些需要她亲自去取的旧物。于是她不由自主地走上了没有尽头的再发现之旅——解开一个问题之后，眼前却浮现更多的问题。这样的追问注定不会有结果，她终于失去了她的控制权，因为唯一能回答这些问题、能呼应她的隐秘困惑的人，已经死了。

二

在世界文学的光谱上，J.M. 库切向来都站在极度节制的那一头。简洁、有力、准确、深刻、"冰冷的美感"，都是评论家喜欢用来形容他的词汇。他也写性，但没人会期待在他的描述中感受到情欲的温度。他的两部经典代表作，《耻》里的性背负着深重的罪与罚，纠缠着盘根错节的种族矛盾，而《迈克尔·K 的人生与时代》里，男主人公 K 以严苛的禁欲来换取身心自由。唯一能让 K 舒适的状态是："整个世界肯定只有我才知道我在哪里，我可以认定我已经失踪了。"我们完全可以将 K 的神经性厌食症的发展过程视为形象的隐喻——被 K 毅然弃绝的，是饮食，当然也是男女，是一整个被欲望禁锢与异化的世界。

所以，可想而知，当 83 岁的库切推出新作《波兰人》时，评论家都会条件反射地认定这"不是，至少不仅仅是"一个爱情故事。沿着这条思路，我们可以把这个故事重读一遍。

"波兰人"当然是有名字的，但他的名字里有好多 w 和 z，以至于那个音乐圈董事会的成员根本懒得搞清楚全名，就直接给了他一个"波兰人"的代号。初次见面，用代号不够礼貌，一口一个"大师"又显得生分，于是波兰人说：叫我维托尔德就好。

"波兰人"的全名：维托尔德·瓦尔奇凯维奇（Witold Walczykiewicz）——三个 w，两个 z，就像库切本人的名字（J.M. Coetzee）一样难念。自始至终，维托尔德与小说里其他人物的疏离与隔阂深不见底，而且他本人似乎也早就安于"局外人"的角色。即便后来在马略卡度假，也几乎看不到什么激情燃烧的瞬间。"（他是）来自另一个时代的男人。也或许波兰就是这样：困在过去。"连女人都忍不住自问：她为什么对波兰一点儿都不好奇呢？

这话问得既准确又尖锐。波兰和波兰人面对的困境，固然因为他们背负着复杂而沉重的政治历史包袱，更因为人们对这些模糊的、无足轻重的概念早就失去了耐心和好奇。维托尔德出生在 1943 年，正是第二次世界大战打得极为惨烈的时期，单单这个年份加上波兰在"二战"中的处境，就带着无可言说的悲剧意味。早在没有见到维托尔德之前，女人也想过这个问题，耳边仿佛听见"深夜里，有个婴儿在啼哭，饿得啼哭不止"。接下来，她便在脑海中轻轻推开这可怕的画面，转而庆幸出生在 1967 年的自己"真是有福的一代"。

就像库切笔下的大多数人物（甚至也包括库切自己）一样，维托尔德来自异质的、"落后的"、不那么讨喜的地方，他不接受同情，不愿意依附，也不寻求归属感——这样的人物，很少有人会比库切处理得更好。我们看着维托尔德像堂吉诃德那样笨拙而尴尬地追求女人，拿不准是应该嘲笑他、同情他，还是应该敬佩他。他总是在无声地抗议人们对"波兰人"这个群体的刻板印象。他以弹奏肖邦的乐曲见长，却总是把这位波兰最重要的偶像的乐曲弹得既不纤弱也不朦胧，执意要展示肖邦刚性的那一面，因为他觉得"那更符合历史真实"；人们想让维托尔德聊聊肖邦为什么会选择在法国定居，想顺理成章地把话题引到他自己身上，"讲讲他在让人不幸福的祖国所经历的青春与躁动，讲讲他那时多么渴望跑到堕落但刺激的西方"。可是维托尔德呢，明明清楚地意识到对方的意图，还是说"肖邦要是活得再久一些，肯定会回波兰"。

库切特别指出，维托尔德在说这话的时候"小心斟酌"，用了正确的时态。于是，我们突然意识到，这个波兰人此刻正身处西班牙，而讲话的双方用的都不是母语——他们在用英语交流，尽管说得那么小心翼翼、索然无味，但词语与词语之间仍然摩擦出互相冒犯的火花。

从这一刻起,语言问题就再也不是这篇小说里可以被一笔带过的元素了。

我们也许会忽略维托尔德提到他的前妻是外语老师,曾经帮助他的英语达到"马马虎虎"的水平,从这以后到他们分手之前,是一段无人可以触及的空白;我们也许没注意到维托尔德曾经严肃地用英语纠正别人叫他钢琴家(pianist),只愿意承认自己是个"弹钢琴的人"(他说:"就像公交车上检查车票的人,他是个人,工作是检查车票,但他不是车票家。");但无论如何,我们都会在故事后半部分觉察到"语言"被推到了更高处:维托尔德留给女人的不是贵重的财物,不是惊人的秘密,而是一沓诗稿,用打字机录入,每首一页,编号从 I 到 LXXXIV,用波兰语创作。为了弄懂诗里讲了什么,女人只能想方设法接近这冷僻的外语,先是用翻译软件,再到大学里找波兰语专家,当面聆听译者不无尴尬地复述诗里滚烫的、赤裸裸的表白。向来惜字如金的库切耐心地叙述这漫长而琐碎的过程,让女人渐渐迷失在时间的河流中,也迷失在语言与语言之间的黑洞中。

是时候来审视一下女主人公的名字了。比阿特丽兹(Beatriz),显然是比阿特丽斯(Beatrice)——那位赋予了但丁终身灵感的女神——的变体。无论是维托尔德,还是比阿特丽兹本人，都对这个文艺哏心领神会。他们不止一次地拿这个开玩笑，有一回比阿特丽兹随口说："你跟你的但丁，还有你的比阿特丽斯，属于一个世界；我属于另一个，我习惯称之为现实世界。"然而，当两人最后真的分属于两个世界时，比阿特丽兹接到诗稿之后的第一个反应，就是"在那些曲里拐弯的字母间寻找自己的名字"。她找到了好几处，但不是比阿特丽兹，而是比阿特丽斯。因此，她想：这是一本由但丁的无名追随者写成的有关比阿特丽斯的书。

在库切的这部短短的小长篇里，像这样充满隐喻的细节还有很多。书评人毫不费力地在书里看出有关地缘政治、身份认同、语言、文学、翻译和音乐的符号，有人将它看作但丁的长诗《新生》的小说版，有人认为维托尔德和比阿特丽兹的恋情影射了肖邦和乔治·桑，有人干脆就把整部小说看成一个"文本回声室"，说库切甚至致敬了自己的小说《耻》。对于种种解读，库切本人一如既往地不置可否。这位在当代文坛上保持着极高获奖纪录的作家（诺贝尔文学奖和两次布克奖），就像他笔下的"波兰人"那样，很珍惜沉默的价值。

三

在众多评论中,珍妮弗·威尔逊在《纽约客》里的说法给我留下了最深的印象:

"虽然有人可能将《波兰人》视为跨越语言障碍的爱情故事,但它实质上是一部只能通过爱情情节来讲述的关于语言的小说……这本小说将种种言辞和我们真心想说的话视为地图上的两个点,它们之间就像两极[①]一样遥远。直面它们之间的距离,会让人心生畏惧,然而爱情推着我们向前。"

这话说得既准确又动人,同时又让人隐隐生出一丝迷惘。当我们拨开结在文本表面的意义的蛛网,回到小说的最深处,这个爱情故事的内核还有没有什么更直接、更结实地打动我们的东西?由此衍生的问题是,在当代主流文学的场域中,究竟是从什么时候开始,一个纯粹的关于爱情和欲望的故事逐渐失去了合法性,变得遥不可及?要展开这个问题,恐怕还得稍稍回望一下文学史。

在相当长的一段时间里,那些关涉爱欲的叙事始终与"禁忌"相克相生。无论是莎士比亚的黄段子,还是差点儿

[①] 这里有个没法直接翻译的双关语:英语里的pole,小写可以解释为"极点",大写便是本书的书名《波兰人》。

被薄伽丘本人付之一炬的《十日谈》，抑或是上过法庭或者禁书单的《包法利夫人》《查泰莱夫人的情人》《洛丽塔》乃至《金瓶梅》，都在与不同年代的意识形态迂回周旋的同时，挑战叙事技术的极限。长话短说，随着时代演进，禁忌逐渐瓦解，禁书单成了经典文库，"突破禁忌"本身也成了一个古典概念。当那些曾经围猎欲望的因素不复存在时，欲望主体也渐渐被虚无掩埋。

这实在是一件充满悖论的事，小说家发现自己在这个问题上也坠入了典型的后现代困境。爱欲叙事的种种程式，似乎在19世纪就已经穷尽，到现代主义时期经历了一段"回光返照"——接下来的问题是，爱情故事到底该怎么往下写，才能让21世纪冷淡而世故的读者信任、感动、热泪盈眶？

能翻新的套路极其有限。最常见的做法仍然是制造障碍——尽管在飞机与手机无处不在的时代里，做这件事的难度系数要比19世纪大得多。在文学世界的伦理法则中，欲望的错位比到位更深刻，落空比落实更有效。从《窄门》到《廊桥遗梦》，到《一个陌生女人的来信》，再到《霍乱时期的爱情》，男人与女人越是饱受折磨，他们在想象中"虚构"的爱情就越是波澜壮阔，越是感人至深。某种程度上，让爱情永垂不朽的防腐剂似乎就是无法兑现的可能性，是一次又一次的"求不得"和"爱别离",是悬置欲望、延宕圆满,甚至,是天人永隔。

在《波兰人》之前,我至少读过三个故事,从一开始就将欲望笼罩在衰老和死亡的阴影中:川端康成的《睡美人》,加西亚·马尔克斯的《苦妓回忆录》和菲利普·罗斯的《垂死的肉身》。在这三个故事里,衰老的、处于死亡进行时的男性叙述者都将故事的高潮凝聚在视觉的狂欢和挽歌中。他们或是通过精心的设计,在提供特殊服务的客栈(妓院)里,与熟睡中的少女静静地度过无性却充满情色意味的夜晚,或是用热切的目光和照相机,给行将手术的年轻女子带来温暖的慰藉,一遍又一遍地告诉她,她的身体有多美。

相比之下,库切下笔要清冷得多。尽管比阿特丽兹也乐于享受维托尔德的目光,但整部小说的重心恰恰落在目光、抚摩以及最完美的性都难以企及的部分:表达、倾听、懂得。库切不厌其烦地描述人与人之间的言不及义,丈夫与妻子间的冷淡与倦怠,以及情人之间的欲语还休。他写维托尔德和比阿特丽兹"说着英语做爱,可这种语言的情欲地带又不对他俩开放"。

此时此刻,文本外的读者,早就借由比阿特丽兹的视角,看出波兰男人身后的那座"浪漫爱情的哲学理论大厦"

既孱弱又衰老，它不时拨动心弦，却又摇摇欲坠。比阿特丽兹之于维托尔德，正如务实之于虚幻，现代之于古典。她清醒而冷淡，娴熟地使用心理分析工具解构浪漫，她属于我们的时代，以为自己只要挥挥手，就能与历史作别。一部爱欲叙事的极简史，就在他们之间无声地流过。也许这才是《波兰人》最重要的命题——所谓的"语言主题"也好，"文本回声室"也好，唯有回归爱情故事的内核和本质，才具有真正的意义。

沿着这样的思路，也许我们可以把《波兰人》读上第三遍。

四

我的第三遍，只读了开头和结尾。

这才发现开头是一个充满歧义的句子："起先给他制造麻烦的是那个女人，很快又是那个男人。"

直到结尾，小说都没有说清楚这个"他"究竟是谁，是那个波兰男人，还是另一个出现在故事之外的男人？都能勉强说通，又都显得很古怪。小说第一章的前四小节，男人与女人的形象都处在不确定中，就像两团混沌的泥，刚刚捏出个轮廓。所谓的"制造麻烦",其实是在说:先是女人的形象模糊不清,紧接着,该怎么写这个男人,也成了伤脑筋的问题。因此,这里第一次出现男人的年龄时说到的"70岁",其实只是个约数。

一切豁然开朗。"他"更像是库切本人,或者是库切虚构的"叙述者",而第四小节里那两个仿佛飞来奇峰的句子,实际上捕捉的是这个故事由灵感到即将成形的那一刻:

"他们俩,就是那位个子高高的波兰钢琴家,以及那位步履飘飘的优雅女士、平日里忙着做善事的银行家太太,是从哪儿来的?他们敲了一整年的门,希望能放他们进来,或者干脆把他们拒之门外,让他们从此安息。现在,终于轮到他们的故事了?"

回过头来看,这四小节并不仅仅是一个古怪的、略显刻意的"元小说"叙事机关,它也是作者的吐槽、发泄和调侃:在一个浪漫主义渐行渐远的时代,写一个爱情故事,设置两个含蓄克制的人物,并且让他们谈情说爱,这件事是多么过时、多么含混、多么疯狂啊!自我怀疑和难以泯灭的表达欲望相互冲撞,在故事里折磨着维托尔德和比阿特丽兹,在故事外也折磨着作者。这是生活在21世纪的所有作者都必须面对的困境。

好在，整本书最温暖的底色，在结尾处浮到了文本的表面。那个总是给作者"制造麻烦"的比阿特丽兹终于用一种古典的方式，给了读者一丝闪着微光的信念感。至少在那一刻，垂死的浪漫支起了奄奄一息的病体。至少在那一刻，我们可能会忘却今夕是何年，可能会短暂地相信，无论是语言障碍、年龄差距，还是生死界线，都可以被爱——哪怕是虚构的幻象——穿越。